語言是通往世界的橋梁

語言鳥Parrot
語言是通往世界的橋梁

韓國人天天會用到的
韓語單字

국인이 매일 사용하는 한국어 어휘

您知道的、你想學的、所有最生活化的韓語單字通通都在這一本

	ㄱ	ㅅ	ㅍ	ㅘ	ㅢ
ㅜ	ㄴ	ㅇ	ㅎ	ㅐ	ㄲ
ㅠ	ㄷ	ㅈ	ㅒ	ㅚ	ㄸ
ㅡ	ㄹ	ㅊ	ㅔ	ㅖ	ㅃ
ㅣ	ㅁ	ㅋ	ㅕ	ㅝ	ㅆ
	ㅂ	ㅌ	ㅑ	ㅟ	ㅉ

韓國文字的結構

　　韓文為表音文字，分為子音和母音，韓文字就是由子音和母音所組合而成。基本母音和子音各為10個字和14個字，總共24個字。基本母音和子音在經過組合之後，形成16個複合母音和子音，提高其整體組織性，這就是「韓語40音」。

　　每個韓文字代表一個音節，每音節最多有四個音素，而每字的結構最多由五個字母來組成，其組合方式有以下幾種：

1. 子音加母音，例如：나（我）
2. 子音加母音加子音，例如：방（房間）
3. 子音加複合母音，例如：귀（耳）
4. 子音加複合母音加子音，例如：광（光）
5. 一個子音加母音加兩個子音，例如：값（價錢）

韓語40音發音對照表

一、基本母音（10個）

	ㅏ	ㅑ	ㅓ	ㅕ	ㅗ	ㅛ	ㅜ	ㅠ	ㅡ	ㅣ
名稱	아	야	어	여	오	요	우	유	으	이
拼音發音	a	ya	eo	yeo	o	yo	u	yu	eu	i
注音發音	ㄚ	一ㄚ	ㄛ	一ㄛ	ㄡ	一ㄡ	ㄨ	一ㄨ	(ㄜ)	一

說　明

- 韓語母音「ㅡ」的發音和「ㄜ」發音有差異，但嘴型要拉開，牙齒快要咬住的狀態，才發得準。
- 韓語母音「ㅓ」的嘴型比「ㅗ」還要大，整個嘴巴要張開成「大O」的形狀，「ㅗ」的嘴型則較小，整個嘴巴縮小到只有「小o」的嘴型，類似注音「ㄡ」。
- 韓語母音「ㅕ」的嘴型比「ㅛ」還要大，整個嘴巴要張開成「大O」的形狀，類似注音「一ㄛ」，「ㅛ」的嘴型則較小，整個嘴巴縮小到只有「小o」的嘴型，類似注音「一ㄡ」。

二、基本子音（10個）

	ㄱ	ㄴ	ㄷ	ㄹ	ㅁ	ㅂ	ㅅ	ㅇ	ㅈ	ㅊ
名稱	기역	니은	디귿	리을	미음	비읍	시옷	이응	지읒	치읓
拼音發音	k/g	n	t/d	r/l	m	p/b	s	ng	j	ch
注音發音	ㄎ	ㄋ	ㄊ	ㄌ	ㄇ	ㄆ	ㄙ、(ㄒ)	不發音	ㄗ	ㄘ

說 明

- 韓語子音「ㅅ」有時讀作「ㄙ」的音，有時則讀作「ㄒ」的音，「ㄒ」音是跟母音「ㅣ」搭在一塊時才會出現。
- 韓語子音「ㅇ」放在前面或上面不發音；放在下面則讀作「ng」的音，像是用鼻音發「嗯」的音。
- 韓語子音「ㅈ」的發音和注音「ㄗ」類似，但是發音的時候更輕，氣更弱一些。

三、基本子音（氣音4個）

	ㅋ	ㅌ	ㅍ	ㅎ
名　稱	키읔	티읕	피읖	히읗
拼音發音	k	t	p	h
注音發音	ㄎ	ㄊ	ㄆ	ㄏ

說　明

- 韓語子音「ㅋ」比「ㄱ」的較重，有用到喉頭的音，音調類似國語的四聲。

  ㅋ＝ㄱ＋ㅎ

- 韓語子音「ㅌ」比「ㄷ」的較重，有用到喉頭的音，音調類似國語的四聲。

  ㅌ＝ㄷ＋ㅎ

- 韓語子音「ㅍ」比「ㅂ」的較重，有用到喉頭的音，音調類似國語的四聲。

  ㅍ＝ㅂ＋ㅎ

四、複合母音（11個）

	ㅐ	ㅒ	ㅔ	ㅖ	ㅘ	ㅙ	ㅚ	ㅞ	ㅝ	ㅟ	ㅢ
名稱	애	얘	에	예	와	왜	외	웨	워	위	의
拼音發音	ae	yae	e	ye	wa	wae	oe	we	wo	wi	ui
注音發音	ㄝ	ㄧㄝ	ㄟ	ㄧㄟ	ㄨㄚ	ㄨㄝ	ㄨㄟ	ㄨㄟ	ㄨㄛ	ㄨㄧ	ㄜㄧ

說 明

- 韓語母音「ㅐ」比「ㅔ」的嘴型大，舌頭的位置比較下面，發音類似「ae」；「ㅔ」的嘴型較小，舌頭的位置在中間，發音類似「e」。不過一般韓國人讀這兩個發音都很像。

- 韓語母音「ㅒ」比「ㅖ」的嘴型大，舌頭的位置比較下面，發音類似「yae」；「ㅖ」的嘴型較小，舌頭的位置在中間，發音類似「ye」。不過很多韓國人讀這兩個發音都很像。

- 韓語母音「ㅚ」和「ㅞ」比「ㅙ」的嘴型小些，「ㅚ」的嘴型是圓的；「ㅚ」、「ㅞ」則是一樣的發音，不過很多韓國人讀這三個發音都很像，都是發類似「we」的音。

五、複合子音（5個）

	ㄲ	ㄸ	ㅃ	ㅆ	ㅉ
名　稱	쌍기역	쌍디귿	쌍비읍	쌍시옷	쌍지읒
拼音發音	kk	tt	pp	ss	jj
注音發音	ㄍ	ㄉ	ㄅ	ㄙ	ㄗ

說　明

- 韓語子音「ㅆ」比「ㅅ」用喉嚨發重音，音調類似國語的四聲。
- 韓語子音「ㅉ」比「ㅈ」用喉嚨發重音，音調類似國語的四聲。

六、韓語發音練習

	ㅏ	ㅑ	ㅓ	ㅕ	ㅗ	ㅛ	ㅜ	ㅠ	ㅡ	ㅣ
ㄱ	가	갸	거	겨	고	교	구	규	그	기
ㄴ	나	냐	너	녀	노	뇨	누	뉴	느	니
ㄷ	다	댜	더	뎌	도	됴	두	듀	드	디
ㄹ	라	랴	러	려	로	료	루	류	르	리
ㅁ	마	먀	머	며	모	묘	무	뮤	므	미
ㅂ	바	뱌	버	벼	보	뵤	부	뷰	브	비
ㅅ	사	샤	서	셔	소	쇼	수	슈	스	시
ㅇ	아	야	어	여	오	요	우	유	으	이
ㅈ	자	쟈	저	져	조	죠	주	쥬	즈	지
ㅊ	차	챠	처	쳐	초	쵸	추	츄	츠	치
ㅋ	카	캬	커	켜	코	쿄	쿠	큐	크	키
ㅌ	타	탸	터	텨	토	툐	투	튜	트	티
ㅍ	파	퍄	퍼	펴	포	표	푸	퓨	프	피
ㅎ	하	햐	허	혀	호	효	후	휴	흐	히
ㄲ	까	꺄	꺼	껴	꼬	꾜	꾸	뀨	끄	끼
ㄸ	따	땨	떠	뗘	또	뚀	뚜	뜌	뜨	띠
ㅃ	빠	뺘	뻐	뼈	뽀	뾰	뿌	쀼	쁘	삐
ㅆ	싸	썌	써	쎠	쏘	쑈	쑤	쓔	쓰	씨
ㅉ	짜	쨔	쩌	쪄	쪼	쬬	쭈	쮸	쯔	찌

目錄
CONTENTS

目錄
CONTENTS

第六章　中午

第七章　下午

目錄
CONTENTS

目錄
CONTENTS

目錄
CONTENTS

目錄
CONTENTS

韓國人天天會用到的
韓語單字

01
Chapter
一天的開始

좋은 아침입니다.

早安！

일어나다

i reo na da
[動]起來/起床

例句:

빨리 일어나요!
ppal li i reo na yo
快點起床!

깨우다

kkae u da
[動]叫醒/弄醒

例句:

내일 아침 9 시에 깨워 주세요.
nae il a chim a hop ssi e kkae wo ju se yo
請你明天早上九點叫我起床。

아침

a chim
[名]早晨/早餐

相關:

점심
jeom sim   中午/午餐

저녁
jeo nyeok   晚上 / 晚餐

알람시계
al lam si gye
[名]鬧鐘

相關：

자명종
ja myeong jong   鬧鐘

늦잠을 자다
neut jja meul jja da
[詞組]賴床

相關：

늦게 일어나다
neut kke i reo na da   晚起

잠이 깨다
ja mi kkae da
[詞組]醒來

相關：

잠이 덜 깨다
ja mi deol kkae da   還沒醒

| 이불을 개다 | i bu reul kkae da
[詞組] 折棉被 |

相關：

침대를 정리하다

chim dae reul jjeong ni ha da　　　　　　整理床鋪

| 닦다 | dak tta
[動] 擦拭 |

應用：

얼굴을 닦다

eol gu reul ttak tta　　　　　　擦臉

| 세수하다 | se su ha da
[動] 洗臉／洗手 |

例句：

지금 세수하러 갈게요 .

ji geum se su ha reo gal kke yo

我現在去洗臉。

양치질하다

yang chi jil ha da
[動] 刷牙／漱口

相關：

이를 닦다

i reul ttak tta　　　　　　　　　　　　　　刷牙

옷을 갈아입다

o seul kka ra ip tta
[詞組] 換衣服

例句：

빨리 옷을 갈아입고 아침을 먹어요 .

ppal li o seul kka ra ip kko a chi meul meo geo yo

快點換好衣服去吃飯。

相關詞彙：梳洗

화장실	hwa jang sil 廁所
비누	bi nu 肥皂
수건	su geon 毛巾
칫솔	chit ssol 牙刷
치약	chi yak 牙膏
양치컵	yang chi keop 漱口杯

Track 012

화장하다
hwa jang ha da
[動] 化妝

例句:

나 오늘 화장 안 했어요 .

na o neul hwa jang an hae sseo yo

我今天沒化妝。

화장품
hwa jang pum
[名] 化妝品

例句:

이제 화장품도 새로 사야겠어요 .

i je hwa jang pum do sae ro sa ya ge sseo yo

現在化妝品也該買新的了。

옷을 입다
o seul ip tta
[詞組] 穿衣服

相關:

옷을 벗다

o seul ppeot tta   脫衣服

바지를 입다
ba ji reul ip tta
[詞組] 穿褲子

相關:

바지를 벗다

ba ji reul ppeot tta _____ 脫褲子

신다
sin da
[動] 穿（鞋、襪）

應用:

양말을 신다

yang ma reul ssin da _____ 穿襪子

구두를 신다

gu du reul ssin da _____ 穿皮鞋

쓰다
sseu da
[動] 戴上

應用:

모자를 쓰다

mo ja reul sseu da _____ 戴帽子

안경을 쓰다

an gyeong eul sseu da　　　　　　　　　　　戴眼鏡

단추를 채우다　dan chu reul chae u da
[詞組] 扣上鈕扣

相關：

단추를 풀다

dan chu reul pul da　　　　　　　　　　　解開鈕扣

장갑을 끼다　jang ga beul kki da
[詞組] 戴手套

相關：

장갑을 벗다

jang ga beul ppeot tta　　　　　　　　　　脫掉手套

넥타이를 매다　nek ta i reul mae da
[詞組] 系領帶

相關：

넥타이를 풀다

nek ta i reul pul da　　　　　　　　　　　解開領帶

相關詞彙：化妝品

선 크림	seon keu rim	防曬乳
파운데이션	pa un de i syeon	粉底霜
아이라이너	a i ra i neo	眼線筆
마스카라	ma seu ka ra	睫毛膏
립스틱	rip sseu tik	口紅
파우더	pa u deo	撲粉 / 化妝用粉
인조 눈썹	in jo nun sseop	假睫毛
눈썹뷰러	nun sseop ppyu reo	睫毛夾
아이섀도우	a i syae do u	眼影

整理頭髮

헤어스타일
he eo seu ta il
[名]髮型

相關：

장발
jang bal   長髮

단발
dan bal   短髮

머리를 빗다
meo ri reul ppit tta
[詞組]梳頭髮

相關：

머리를 감다
meo ri reul kkam da   洗頭

헤어 드라이어
he eo deu ra i eo
[名]吹風機

例句：

드라이기로 머리를 말립니다 .

deu ra i gi ro meo ri reul mal lim ni da

Track 017

用吹風機吹乾頭髮。

| 가르마 | ga reu ma
[名]髮線 |

應用：

가르마를 타다

ga reu ma reul ta da　　　　　　　　　　分髮線

| 빗 | bit
[名]扁梳 |

相關：

헤어 브러쉬

he eo beu reo swi　　　　　　　　　　　梳子

——早餐

아침식사
a chim sik ssa
[名]早餐

相關:

점심식사
jeom sim sik ssa 午餐

저녁식사
jeo nyeok ssik ssa 晚餐

빵
ppang
[名]麵包

相關:

프랑스빵
peu rang seu ppang 法國麵包

마늘빵
ma neul ppang 大蒜麵包

토스트
to seu teu
[名]土司

例句:

아침에 우유와 토스트를 먹었어요 .

a chi me u yu wa to seu teu reul meo geo sseo yo

我早上吃了牛奶和土司。

잼	jaem [名] 果醬

相關 :

딸기잼

ttal kki jaem　　　　　　　　　　　　　　草莓果醬

귤잼

gyul jaem　　　　　　　　　　　　　　橘子果醬

샌드위치	saen deu wi chi [名] 三明治

왕만두	wang man du [名] 包子

相關 :

만두

man du　　　　　　　　　　　　　　餃子

| 김밥 | gim bap
[名]紫菜飯捲 |

相關:

삼각 김밥

sam gak gim bap —————————————— 三角飯糰

초밥

cho bap —————————————————————— 壽司

| 우유 | u yu
[名]牛奶 |

相關:

커피우유

keo pi u yu —————————————————— 咖啡牛奶

| 커피 | keo pi
[名]咖啡 |

| 녹차 | nok cha
[名]綠茶 |

相關:

흥차
hong cha   紅茶

相關例句

아침은 드셨나요?
a chi meun deu syeon na yo
你吃早餐了嗎?

아침을 먹읍시다.
a chi meul meo geup ssi da
我們吃早餐吧。

아침 식사는 준비됐어요?
a chim sik ssa neun jun bi dwae sseo yo
早餐準備好了嗎?

오늘은 김밥 먹자.
o neu reun gim bap meok jja
我們今天吃紫菜飯捲吧。

오늘 아침은 무엇을 드셨나요?
o neul a chi meun mu eo seul tteu syeon na yo
您今天早餐吃了什麼?

韓國人天天會用到的
韓語單字

02
Chapter
出發

다녀오겠습니다.

我要出門囉！

一 出門

회사에 다니다	hoe sa e da ni da [詞組] 去上班
학교에 다니다	hak kkyo e da ni da [詞組] 去上課
병원에 다니다	byeong wo ne da ni da [詞組] 上醫院
시장에 가다	si jang e ga da [詞組] 去市場

相關例句

여보 , 잘 다녀오세요 .
yeo bo jal tta nyeo o se yo
老公，路上小心。

학교 다녀올게요 .
hak kkyo da nyeo ol ge yo
我去學校囉！

안녕히 다녀오십시오 .

안녕히 다녀오십시오 .
an nyeong hi da nyeo o sip ssi o
請慢走。（對要出門的長輩説）

잘 다녀와라 .
jal tta nyeo wa ra
慢走。（對要出門的晚輩説）

안녕히 가세요 .
an nyeong hi ga se yo
再見。（向離開要走的人）

안녕히 계세요 .
an nyeong hi gye se yo
再見。（向留在原地的人）

開車

 Track 024

운전하다	un jeon ha da [動]開車

例句:

운전할 줄 아세요 ?

un jeon hal jjul a se yo

你會開車嗎 ?

교통표지	gyo tong pyo ji [名]交通號誌

신호등	sin ho deung [名]紅綠燈

相關:

빨간 불

ppal kkan bul   **紅燈**

파란 불

pa ran bul   **綠燈**

노란 불

no ran bul   **黃燈**

주차장

ju cha jang
[名]停車場

例句:

여기는 무료 주차장입니다 .

yeo gi neun mu ryo ju cha jang im ni da

這裡是免費停車場。

주유소

ju yu so
[名]加油站

相關:

휘발유

hwi bal lyu _____ 汽油

석유

seo gyu _____ 石油

등유

deung yu _____ 煤油

경유

gyeong yu _____ 柴油

시속

si sok
[名]時速

相關：

과속
gwa sok
超速

제한속도
je han sok tto
限制速度

고속도로
go sok tto ro
[名] 高速公路

相關：

요금소
yo geum so
收費站

교통사고
gyo tong sa go
[名] 車禍

相關：

추돌 사고
chu dol sa go
連環追撞事故

휴게소
hyu ge so
[名] 休息站

차선
cha seon
[名] 車道

應用：

차선을 바꾸다
cha seo neul ppa kku da　　　　　　變換車道

갓길
gat kkil
[名] 路肩

相關詞彙：車子零件

핸들	haen deul 方向盤
브레이크	beu re i keu 煞車
와이퍼	wa i peo 雨刷
백미러	baeng mi reo 後視鏡
타이어	ta i eo 輪胎
트렁크	teu reong keu 車箱
보닛	bo nit 引擎蓋
액셀	aek ssel 油門
자동차 번호판	ja dong cha beon ho pan 車牌

Track 028

| 우회전 | u hoe jeon
[名] 右轉 |

相關：

좌회전

jwa hoe jeon _____ 左轉

| 회전 금지 | hoe jeon geum ji
[名] 禁止迴轉 |

相關：

U 턴 금지

u teon geum ji _____ 禁止迴轉

| 통행 금지 | tong haeng geum ji
[名] 禁止通行 |

相關：

주차 금지

ju cha geum ji _____ 禁止停車

공사중	gong sa jung [名] 施工中
일방통행	il bang tong haeng [名] 單行道
서행	seo haeng [名] 慢行
횡단보도	hoeng dan bo do [名] 人行道
정지	jeong ji [名] 停止
천천히	cheon cheon hi [副] 請慢行／慢慢地
우회전 금지	u hoe jeon geum ji [名] 禁止右轉

相關：

좌회전 금지
jwa hoe jeon geum ji

禁止左轉

相關例句

근처에 주차장이 있습니까?
geun cheo e ju cha jang i it sseum ni kka
這附近有停車場嗎?

잠깐 여기에 주차해도 될까요?
jam kkan yeo gi e ju cha hae do doel kka yo
車子可以暫時停在這裡嗎?

차가 많이 막히네요.
cha ga ma ni ma ki ne yo
路上很塞耶!

오늘은 세차 좀 해야겠어요.
o neu reun se cha jom hae ya ge sseo yo
今天該洗車了。

회사까지 태워 줄게요.
hoe sa kka ji tae wo jul ge yo
我載你去上班。

자동차 정비소 어디에 있나요?

ja dong cha jeong bi so eo di e in na yo

修車廠在哪裡？

相關詞彙：汽車種類

차	cha 車
자동차	ja dong cha 汽車
자가용	ja ga yong 自用車
수입차	su ip cha 進口車
국산차	guk ssan cha 國產車
중고차	jung go cha 二手車
경차	gyeong cha 小型車
사륜구동차	sa ryun gu dong cha 四輪驅動車
트럭	teu reok 卡車
화물차	hwa mul cha 貨車
오토바이	o to ba i 摩托車
자전거	ja jeon geo 腳踏車
렌터카	ren teo ka 租車
새차	sae cha 新車

세차	se cha 洗車
혼다	hon da 本田 (Honda)
벤츠	ben cheu 賓士 (Benz)
포드	po deu 福特 (Ford)
아우디	a u di 奧迪 (Audi)
포르쉐	po reu swe 保時捷 (Porsche)
페라리	pe ra ri 法拉力 (Ferrari)
미쓰비시	mi sseu bi si 三菱 (Mitsubishi)
도요타	do yo ta 豐田 (Toyota)

一方向

| 근처 | geun cheo
[名]附近 |

相關：

부근
bu geun   附近

| 위치 | wi chi
[名]位置 |

| 북쪽 | buk jjok
[名]北邊 |

| 남쪽 | nam jjok
[名]南邊 |

| 동쪽 | dong jjok
[名]東邊 |

| 서쪽 | seo jjok
[名]西邊 |

| 왼쪽 | oen jjok
[名] 左邊 |

相關:

오른쪽

o reun jjok 右邊

| 앞쪽 | ap jjok
[名] 前方 |

相關:

뒤쪽

dwi jjok 後方

| 안쪽 | an jjok
[名] 裡面 |

相關:

바깥쪽

ba kkat jjok 外面

| 옆 | yeop
[名] 旁邊 |

48

맞은편

ma jeun pyeon
[名] 對面

相關：

대각선 쪽

dae gak sseon jjok   斜對面

이쪽

i jjok
[名] 這邊

相關：

저쪽

jeo jjok   那邊

위쪽

wi jjok
[名] 上方

相關：

아래쪽

a rae jjok   下方

| 지하철 | ji ha cheol
[名] 地鐵 |

相關：

지하철 역

ji ha cheol yeok　　　　　　　　　　　　地鐵站

| 승객 | seung gaek
[名] 乘客 |

| 손잡이 | son ja bi
[名] 手拉環 |

| 자리 | ja ri
[名] 位子 |

相關：

빈 자리

bin ja ri　　　　　　　　　　　　空位

| 좌석 | jwa seok
[名] 座位 |

자동 매표기

ja dong mae pyo gi
[名] 自動售票機

相關：

표 파는 곳

pyo pa neun got　　　　　　　　　　　售票處

티머니

ti meo ni
[名] 交通卡（T-money）

相關：

교통카드 충전기

gyo tong ka deu chung jeon gi　　　交通卡儲值機

환승하다

hwan seung ha da
[動] 換乘

例句：

환승해야 하나요 ?

hwan seung hae ya ha na yo

要換乘嗎 ?

갈아타다

ga ra ta da
[動] 換車

相關:

갈아타는 곳

ga ra ta neun got _____ 換乘處

호선

ho seon
[名] 號線

相關:

2 호선

i ho seon _____ 2 號線

例句:

몇 호선을 타야 합니까?

myeot ho seo neul ta ya ham ni kka

該搭幾號線呢?

相關例句

이 근처에 지하철 역이 있나요?

i geun cheo e ji ha cheol yeo gi in na yo

請問這附近有地鐵站嗎?

롯데월드에 가려면 몇 번 출구예요 ?

rot tte wol deu e ga ryeo myeon myeot beon chul gu ye yo

要去樂天世界要從幾號出口出去呢 ?

다음 역은 무슨 역입니까 ?

da eum yeo geun mu seun yeo gim ni kka

下一站是什麼站 ?

지하철 지도를 구하고 싶습니다 .

ji ha cheol ji do reul kku ha go sip sseum ni da

我想領取地鐵圖。

──公車

| 버스 | beo seu
[名] 公車 |

相關：

관광 버스

gwan gwang beo seu　　　　　　　　　**觀光巴士**

| 정류장 | jeong nyu jang
[名] 站牌 |

例句：

다음 정류장에서 내립니다 .

da eum jeong nyu jang e seo nae rim ni da

我在下一站下車。

| 버스 운전기사 | beo seu un jeon gi sa
[名] 公車司機 |

| 버스 터미널 | beo seu teo mi neol
[名] 公車總站／客運站 |

| 고속 버스 | go sok beo seu
[名] 客運／國道巴士 |

相關：

공항 버스
gong hang beo seu   **機場巴士**

| 노선 안내도 | no seon an nae do
[名] 路線圖 |

例句：

버스 노선 안내도 있습니까？
beo seu no seon an nae do it sseum ni kka
有公車路線圖嗎？

| 승차하다 | seung cha ha da
[動] 乘車 |

| 하차하다 | ha cha ha da
[動] 下車 |

| 발차하다 | bal cha ha da
[動] 發車 |

相關：

정차하다

jeong cha ha da 停車

| 노약자석 | no yak jja seok
[名] 博愛座 |

| 버스를 타다 | beo seu reul ta da
[詞組] 搭公車 |

相關：

버스를 잘못 타다

beo seu reul jjal mot ta da 搭錯公車

버스에서 내리다

beo seu e seo nae ri da 下公車

| 버스를 놓치다 | beo seu reul not chi da
[詞組] 錯過公車 |

例句：

나는 버스를 놓쳤어요.

na neun beo seu reul not cheo sseo yo

我沒趕上公車。

하차벨

ha cha bel
[名] 下車鈴

相關例句

여기가 버스 기다리는 줄인가요 ?

yeo gi ga beo seu gi da ri neun ju rin ga yo

這是等公車的隊伍嗎？

어느 쪽에서 버스를 타야 합니까 ?

eo neu jjo ge seo beo seu reul ta ya ham ni kka

我該在哪一邊搭公車？

버스는 언제 옵니까 ?

beo seu neun eon je om ni kka

公車什麼時候會來？

이 버스는 어디로 갑니까 ?

i beo seu neun eo di ro gam ni kka

這台公車開往哪裡？

Track 044

| 택시 | taek ssi
[名] 計程車 |

相關 :

일반 택시
il ban taek ssi　　　　　　　　　　　　　　　**普通計程車**

모범 택시
mo beom taek ssi　　　　　　　　　　　　　　**模範計程車**

| 주소 | ju so
[名] 地址 |

例句 :

이 주소까지 부탁합니다 .
i ju so kka ji bu ta kam ni da
我要去這個地址。

| 기본 요금 | gi bon yo geum
[名] 起跳價／基本費用 |

例句 :

택시 기본 요금은 얼마예요 ?

taek ssi gi bon yo geu meun eol ma ye yo
計程車的基本費用是多少錢？

| 미터기 | mi teo gi
[名] (計程車) 跳表 |

| 빈 차 | bin cha
[名] 空車 |

| 운전사 | un jeon sa
[名] 司機 |

相關：

기사 아저씨

gi sa a jeo ssi　　　　　　　　　　司機叔叔

| 세우다 | se u da
[動] 停車 |

例句：

여기서 세워 주세요 .
yeo gi seo se wo ju se yo
請在這裡停車。

지름길

ji reum gil
[名] 捷徑

例句：

지름길이 있나요 ?
ji reum gi ri in na yo
有捷徑嗎 ?

거스름돈

geo seu reum don
[名] 找的錢／零錢

例句：

거스름돈은 가지세요 .
geo seu reum do neun ga ji se yo
不必找零。

相關例句

어디까지 모실까요 ?
eo di kka ji mo sil kka yo
您要去哪裡 ?

택시를 불러 주시겠습니까 ?
taek ssi reul ppul leo ju si get sseum ni kka

你可以幫我叫計程車嗎？

계속 직진해 주세요 .
gye sok jik jjin hae ju se yo
請繼續前進。

아저씨 , 좀 빨리 가주세요 .
a jeo ssi jom ppal li ga ju se yo
司機叔叔，請開快一點。

공항으로 가 주세요 .
gong hang eu ro ga ju se yo
請載我到機場。

韓國人天天會用到的
韓語單字

03
Chapter
抵達市場

이거 어떻게 팔아

요 ?

這個怎麼賣 ?

——各種食材

쌀	ssal [名]米

相關：

벼 byeo	稻子
찹쌀 chap ssal	糯米
현미 hyeon mi	玄米
잡곡 jap kkok	雜糧
보리 bo ri	大麥
메밀 me mil	蕎麥

국수	guk ssu [名]麵條

相關：

면
myeon   麵

라면
ra myeon   泡麵

당면
dang myeon   冬粉

칼국수
kal kkuk ssu   刀削麵

견과

gyeon gwa
[名] 堅果

相關：

호두
ho du   核桃

땅콩
ttang kong   花生

밤
bam   栗子

아몬드
a mon deu   杏仁

곡류

gong nyu
[名]穀類

相關:

녹두
nok ttu _____ 綠豆

콩
kong _____ 大豆

팥
pat _____ 紅豆

풋콩
put kong _____ 毛豆

잠두
jam du _____ 蠶豆

두부

du bu
[名]豆腐

相關:

유부
yu bu _____ 油豆腐

계란

gye ran
[名] 雞蛋

相關：

난백
nan baek 蛋白

난황
nan hwang 蛋黃

날달걀
nal ttal kkyal 生雞蛋

반숙한 달걀
ban su kan dal kkyal 半熟的雞蛋

버섯

beo seot
[名] 蘑菇

相關：

표고버섯
pyo go beo seot 香菇

송이버섯
song i beo seot 松茸

새송이버섯
sae song i beo seot 杏鮑菇

팽이버섯
paeng i beo seot 金針菇

목이버섯
mo gi beo seot 木耳

야채

ya chae
[名] 蔬菜

相關：

채소
chae so 蔬菜

야채 가게
ya chae ga ge 蔬菜店

고기

go gi
[名] 肉

相關：

닭고기
dal kko gi 雞肉

소고기
so go gi 牛肉

돼지고기

dwae ji go gi _____ 豬肉

양고기

yang go gi _____ 羊肉

오리고기

o ri go gi _____ 鴨肉

거위고기

geo wi go gi _____ 鵝肉

어패류   eo pae ryu [名] 海鮮類

相關：

생선

saeng seon _____ 魚

조개

jo gae _____ 貝

굴

gul _____ 牡蠣

게

ge _____ 螃蟹

새우

sae u _____ 蝦

오징어
o jing eo   烏賊

해초
hae cho
[名]海草

相關:

미역
mi yeok   海菜

다시마
da si ma   海帶

김
gim   海苔

파래
pa rae   淺苔

유제품
yu je pum
[名]奶製品

相關:

버터
beo teo   奶油

마가린
ma ga rin _____ 人造奶油

치즈
chi jeu _____ 起士

마요네즈
ma yo ne jeu _____ 沙拉醬

생크림
saeng keu rim _____ 鮮奶油

분유
bu nyu _____ 奶粉

밀가루	mil ga ru [名]麵粉

相關：

녹말
nong mal _____ 太白粉

빵가루
ppang ga ru _____ 麵包粉

튀김가루
twi gim ga ru _____ 油炸粉

相關詞彙：蔬菜類

수세미외	su se mi oe 絲瓜
여주	yeo ju 苦瓜
미나리	mi na ri 芹菜
시금치	si geum chi 菠菜
당근	dang geun 紅蘿蔔
가지	ga ji 茄子
부추	bu chu 韭菜
토란	to ran 芋頭
산나물	san na mul 野菜
호박	ho bak 南瓜
브로콜리	beu ro kol li 花椰菜
고구마	go gu ma 地瓜
오이	o i 小黃瓜
배추	bae chu 白菜
양파	yang pa 洋蔥
마늘	ma neul 大蒜
감자	gam ja 馬鈴薯
죽순	juk ssun 竹筍

상추	sang ch 生菜
양배추	yang bae chu 高麗菜
콩나물	kong na mul 黃豆芽
옥수수	ok ssu su 玉米
우엉	u eong 牛蒡
연근	yeon geun 蓮藕
무	mu 蘿蔔
파	pa 蔥
생강	saeng gang 生薑
고추	go chu 辣椒
피망	pi mang 青椒

相關詞彙：肉類

소시지	so si ji 香腸
햄	haem 火腿
베이컨	be i keon 培根
갈비	gal ppi 排骨
등심	deung sim 里脊
갈비	gal ppi 排骨

안심	an sim 牛里肌
곱창	gop chang 牛小腸
간	gan 肝
창자	chang ja 腸子
꼬리	kko ri 尾巴
삼겹살	sam gyeop ssal 五花肉
족발	jok ppal 豬腳
갈매기살	gal mae kki sal 豬肋肉
가슴살	ga seum sal 雞胸肉
날개살	nal kkae sal 雞翅肉
닭다리	dak tta ri 雞腳
닭발	dak ppal 雞爪
닭껍질	dak kkeop jjil 雞皮

相關詞彙：海鮮類

붕어	bung eo 鯽魚
송어	song eo 鱒魚
뱀장어	baem jang eo 鰻魚
넙치	neop chi 比目魚

도미	do mi 鯛魚
참치	cham chi 鮪魚
연어	yeo neo 鰱魚
꽁치	kkong chi 秋刀魚
정어리	jeong eo ri 沙丁魚
고등어	go deung eo 青花魚
대합	dae hap 文蛤
전복	jeon bok 鮑魚
가리비	ga ri bi 干貝
우렁이	u reong i 田螺
낙지	nak jji 烏賊
해파리	hae pa ri 海蜇皮
해삼	hae sam 海參
성게	seong ge 海膽
자라	ja ra 鱉
알	al 卵
갯가재	gaet kka jae 蝦蛄
로브스터	ro beu seu teo 龍蝦

相關詞彙：水果類

사과	sa gwa	蘋果
배	bae	梨子
바나나	ba na na	香蕉
딸기	ttal kki	草莓
오렌지	o ren ji	柳橙
레몬	re mon	檸檬
야자	ya ja	椰子
복숭아	bok ssung a	桃子
오얏	o yat	李子
대추	dae chu	紅棗
두리안	du ri an	榴槤
멜론	mel lon	哈密瓜
버찌	beo jji	櫻桃
참외	beo jji	甜瓜
키위	ki wi	奇異果
여지	yeo ji	荔枝
파인애플	pa i nae peul	鳳梨

앵두	aeng du	櫻桃
포도	po do	葡萄
석류	seong nyu	石榴
감	gam	柿子
망고	mang go	芒果
수박	su bak	西瓜
자몽	ja mong	葡萄柚
비파	bi pa	枇杷
블루베리	beul lu be ri	藍莓

相關例句

이 게는 신선해요 ?
i ge neun sin seon hae yo
這螃蟹新鮮嗎 ?

소고기보다 돼지고기를 더 좋아합니다 .
so go gi bo da dwae ji go gi reul tteo jo a ham ni
da
比起牛肉，我更喜歡豬肉。

이 근처에 과일 가게가 있습니까?

i geun cheo e gwa il ga ge ga it sseum ni kka

這附近有水果店嗎？

04
Chapter
抵達公司

부장님,

일찍 나오셨네요.

部長,

您很早到呢!

——工作相關動詞

일하다	il ha da [動] 工作

例句：

어디서 일하세요 ?

eo di seo il ha se yo

你在哪裡工作？

오늘 몇 시까지 일합니까 ?

o neul myeot si kka ji il ham ni kka

今天你上班到幾點？

근무하다	geun mu ha da [動] 工作、上班

例句：

어디에 근무하십니까 ?

eo di e geun mu ha sim ni kka

您在哪上班？

출근하다	chul geun ha da [動] 上班

例句:

몇 시에 출근합니까?

myeot si e chul geun ham ni kka

幾點上班?

퇴근하다
toe geun ha da
[動] 下班

例句:

몇 시에 퇴근하십니까?

myeot si e toe geun ha sim ni kka

您幾點下班?

잔업하다
ja neo pa da
[動] 加班

相關:

야근하다

ya geun ha da   夜班

지각하다
ji ga ka da
[動] 遲到

例句 :

일찍 주무시고 내일 지각하지 마세요 .

il jjik ju mu si go nae il ji ga ka ji ma se yo

早點睡覺明天不要遲到了。

조퇴하다
jo toe ha da
[動] 早退

例句 :

오늘 아파서 조퇴했어요 .

o neul a pa seo jo toe hae sseo yo

我今天不舒服所以早退了。

결근하다
gyeol geun ha da
[動] 缺勤

相關 :

결석하다

gyeol seo ka da   缺課 / 曠課

담당하다
dam dang ha da
[動] 負責

相關：

담당자

dam dang ja　　　　　　　　　　　　　　　　負責人

보고하다

bo go ha da
[動] 報告

相關：

발표하다

bal pyo ha da　　　　　　　　　　　　　　　發表

접대하다

jeop ttae ha da
[動] 接待

應用：

손님을 접대하다

son ni meul jjeop ttae ha da　　　　　　　接待客人

방문하다

bang mun ha da
[動] 訪問／拜訪

相關：

방문자
bang mun ja   **参觀者 / 來訪者**

출장 가다	chul jang ga da [動] 出差

例句：

그는 출장 갔어요 .
geu neun chul jang ga sseo yo
他去出差了。

승진하다	seung jin ha da [動] 晉升／升職

例句：

승진을 진심으로 축하합니다 .
seung ji neul jjin si meu ro chu ka ham ni da
真心祝賀您晉升。

전근하다	jeon geun ha da [動] 轉調

相關：

전근 신청
jeon geun sin cheong　　　　　　　　　　**轉調申請**

당직하다
dang ji ka da
[動] 值勤

相關：

당직 수당
dang jik su dang　　　　　　　　　　**值勤津貼**

相關例句

최대리님 , 잠깐 얘기 좀 할 수 있을까요 ?
choe dae ri nim jam kkan yae gi jom hal ssu i
sseul kka yo
崔代理，我們可以稍微談談嗎？

이 자료들을 복사해 줄 수 있으세요 ?
i ja ryo deu reul ppok ssa hae jul su i sseu se yo
可以幫我印這些資料嗎？

잔업은 자주 합니까 ?
ja neo beun ja ju ham ni kka
要常加班嗎？

——薪水 / 報酬

월급	wol geup [名]月薪

相關：

월급날

wol geum nal   發薪日

수당	su dang [名]津貼

相關：

출장 수당

chul jang su dang   出差津貼

보너스	bo neo seu [名]獎金

相關：

상여금

sang yeo geum   獎金

| 급료 | geum nyo
[名] 工資 |

相關：

급여

geu byeo　　　　　　　　　　　　　　　　　　工資

| 퇴직금 | toe jik kkeum
[名] 退職金 |

例句：

10 년 일했는데 퇴직금을 못 받았어요 .

sim nyeon il haen neun de toe jik kkeu meul mot

ba da sseo yo

工作了十年，卻拿不到退職金。

| 연봉 | yeon bong
[名] 年薪 |

——休假 / 福利

휴가	hyu ga [名] 休假

相關：

유급 휴가
yu geup hyu ga   有薪休假

무급 휴가
mu geup hyu ga   無薪休假

주 오일 근무제	ju o il geun mu je [名] 五天工作制

相關：

주휴 2 일제
ju hyu i il je   周休二日制

휴일	hyu il [名] 休息日

相關：

공휴일
gong hyu il   公休日

병가	byeong ga [名] 病假
결혼 휴가	gyeol hon hyu ga [名] 婚假
육아 휴가	yu ga hyu ga [名] 育兒假
복상 휴가	bok ssang hyu ga [名] 喪假
출산 휴가	chul san hyu ga [名] 產假
훈련	hul lyeon [名] 訓練／培訓

相關：

연수

yeon su   進修

相關例句

이틀의 휴가를 얻었습니다 .

i teu rui hyu ga reul eo deot sseum ni da

得到了兩天的休假。

설에 6 일간의 휴가가 있어요 .

seo re yu gil ga nui hyu ga ga i sseo yo

過年有六天的休假。

相關詞彙：職務

회장	hoe jang	董事長
이사장	i sa jang	理事長
사장	sa jang	總經理 / 社長
경리	gyeong ni	經理
매니저	mae ni jeo	部門經理
비서	bi seo	秘書
처장	cheo jang	處長
회계사	hoe gye sa	會計
업무 인원	eom mu i nwon	業務人員
과장	gwa jang	課長
부장	bu jang	部長

대리	dae ri 代理
상무	sang mu 常務
주임	ju im 主任
실장	sil jang 室長
공장장	gong jang jang 工廠廠長

──職場相關名詞

일근	il geun [名]日班

相關:

야근

ya geun   夜班

근무 시간	geun mu si gan [名]工作時間

相關:

휴게 시간

hyu ge si gan   休息時間

직무	jing mu [名]職務

相關:

직위

ji gwi   職位

상사	sang sa [名] 上司

相關：

부하

bu ha 部下

베테랑	be te rang [名] 老手

相關：

신인

si nin 新人

고용주	go yong ju [名] 雇主

相關：

고용인

go yong in 雇員

동료	dong nyo [名] 同事

점원	jeo mwon [名]店員

相關:

종업원

jong eo bwon _____ 員工

직원	ji gwon [名]職員

相關:

임시 직원

im si ji gwon _____ 臨時職員

고객	go gaek [名]顧客

相關:

거래처

geo rae cheo _____ 交易對象

회의실	hoe ui sil [名]會議室

相關：

회의 시간

hoe ui si gan　　　　　　　　　　　　　　　**開會時間**

사무실

sa mu sil
[名]辦公室

例句：

영미 씨, 지금 내 사무실로 올 수 있어요?

yeong mi ssi ji geum nae sa mu sil lo ol su i sseo
yo

英美小姐，你現在可以來我的辦公室嗎？

부서

bu seo
[名]部門

例句：

어느 부서에서 일하세요?

eo neu bu seo e seo il ha se yo

你在哪個部門工作？

相關詞彙：各部門

업무부　　　　　　　　　　　　　　　eom mu bu **業務部**

기획부	gi hoek ppu 企劃部
판매부	pan mae bu 銷售部
홍보부	hong bo bu 宣傳部
인사부	in sa bu 人事部
사무부	sa mu bu 事務部
재무부	jae mu bu 財務部
관리부	gwal li bu 管理部
기술부	gi sul bu 技術部
서무부	seo mu bu 庶務部
개발부	gae bal ppu 開發部
영업부	yeong eop ppu 營業部
제조부	je jo bu 製造部
품질관리부	pum jil gwal li bu 品管部
공장	gong jang 工廠
창고	chang go 倉庫

一 辦公用品

사무용품	sa mu yong pum [名] 辦公用品

메모지	me mo ji [名] 便條紙

相關：

종이

jong i　　　　　　　　　　　　　　　　　　　　　　　紙

계산기	gye san gi [名] 計算器

相關：

전자 계산기

jeon ja gye san gi　　　　　　　　　　　　電子計算器

클립	keul lip [名] 迴紋針

相關：

97

집게
jip kke _____ 夾子

압정
ap jjeong _____ 圖釘

| 호치키스 | ho chi ki seu
[名] 釘書機 |

相關：

스테이플러
seu te i peul leo _____ 釘書機

스테이플러 침
seu te i peul leo chim _____ 釘書針

| 명함철 | myeong ham cheol
[名] 名片簿 |

相關：

명함
myeong ham _____ 名片

| 전화 번호부 | jeon hwa beon ho bu
[名] 電話簿 |

相關：

주소록

ju so rok 通訊錄

인주

in ju
[名]印泥

相關：

도장

do jang 印章

가위

ga wi
[名]剪刀

相關：

커텃칼

keo teot kal 美工刀

장부

jang bu
[名]帳簿

본드

bon deu
[名]膠水

相關：

접착제

jeop chak jje _____ 黏著劑

풀

pul _____ 漿糊

스카치 테이프	seu ka chi te i peu [名] 透明膠帶

相關：

양면 테이프

yang myeon te i peu _____ 雙面膠帶

박스 테이프

bak sseu te i peu _____ 封箱膠帶

서류철	seo ryu cheol [名] 資料夾／文件夾

例句：

서류철은 어디에 있나요 ？

seo ryu cheo reun eo di e in na yo

文件夾在哪裡？

서류 분쇄기	seo ryu bun swae gi [名]碎紙機

복사기	bok ssa gi [名]影印機

相關：

복사지

bok ssa ji　　　　　　　　　　　　　影印紙

팩스	paek sseu [名]傳真

스캐너	seu kae neo [名]掃描機

출퇴근 기록기	chul toe geun gi rok kki [名]打卡機

相關：

출퇴근 카드

chul toe geun ka deu　　　　　　　　出勤卡

韓國人天天會用到的
韓語單字

05
Chapter
抵達學校

선생님, 안녕하세요.

老師好。

Track 084

| 배우다 | bae u da
[動] 學習 |

例句：

그녀는 피아노를 배우고 있어요.

geu nyeo neun pi a no reul ppae u go i sseo yo

她在學鋼琴。

| 가르치다 | ga reu chi da
[動] 教導 |

相關：

지도하다

ji do ha da   指導

강의하다

gang ui ha da   講課

| 공부하다 | gong bu ha da
[動] 讀書 |

例句：

열심히 공부하세요.
yeol sim hi gong bu ha se yo
請認真讀書。

질문하다	jil mun ha da [動] 提問

相關：

대답하다
dae da pa da   回答

예습하다	ye seu pa da [動] 預習

相關：

복습하다
bok sseu pa da   複習

출석하다	chul seo ka da [動] 出席

相關：

결석하다

gyeol seo ka da   缺席

숙제를 하다	suk jje reul ha da [詞組] 做作業

相關：

여름방학 숙제

yeo reum bang hak suk jje   暑假作業

사전을 찾다	sa jeo neul chat tta [詞組] 查字典

例句：

모르는 단어는 사전을 찾으세요 .

mo reu neun da neo neun sa jeo neul cha jeu se

yo

不會的單字請你查字典。

수업을 시작하다	su eo beul ssi ja ka da [詞組] 上課

相關：

수업을 마치다
su eo beul ma chi da   下課

진학하다　jin ha ka da
　　　　　[動] 升學

相關：

낙제하다
nak jje ha da   留級

입학하다　i pa ka da
　　　　　[動] 入學

相關：

퇴학하다
toe ha ka da   退學

중퇴하다　jung toe ha da
　　　　　[動] 中途退學

휴학하다　hyu ha ka da
　　　　　[動] 休學

相關：

복학하다

bo ka ka da ————————————— 復學

전학하다	jeon ha ka da [動] 轉學

相關：

전학생

jeon hak ssaeng ————————————— 轉學生

유학하다	yu ha ka da [動] 留學

相關：

유학생

yu hak ssaeng ————————————— 留學生

一各機關學校

유치원	yu chi won [名] 幼稚園

相關：

유치원생

yu chi won saeng 幼稚園學生

탁아소	ta ga so [名] 托兒所

相關：

어린이집

eo ri ni jip 育幼院

초등학교	cho deung hak kkyo [名] 小學

相關：

초등학생

cho deung hak ssaeng 小學生

| 중학교 | jung hak kkyo
[名] 國中 |

相關：

중학생

jung hak ssaeng　　　　　　　　　　　　國中生

| 고등학교 | go deung hak kkyo
[名] 高中 |

相關：

고등학생

go deung hak ssaeng　　　　　　　　　　高中生

| 대학교 | dae hak kkyo
[名] 大學 |

相關：

대학생

dae hak ssaeng　　　　　　　　　　　　大學生

| 대학원 | dae ha gwon
[名] 研究所 |

相關：

대학원생

dae ha gwon saeng　　　　　　　　　　　研究生

전문대학	jeon mun dae hak [名] 專科大學／技術學院

명문대학	myeong mun dae hak [名] 知名大學／名門大學

例句：

그는 명문대학 나왔어요 .

geu neun myeong mun dae hak na wa sseo yo

他是知名大學畢業的。

학원	ha gwon [名] 補習班

例句：

저는 영어 학원을 다녀요 .

jeo neun yeong eo ha gwo neul tta nyeo yo

我有去英語補習班上課。

相關例句

어느 대학교를 다니셨습니까 ?

eo neu dae hak kkyo reul tta ni syeot sseum ni
kka

您以前就讀哪所大學？

고려대학교에 다녔습니다 .

go ryeo dae hak kkyo e da nyeot sseum ni da

我以前就讀高麗大學。

저는 대학생입니다 .

jeo neun dae hak ssaeng im ni da

我是大學生。

相關詞彙：老師

선생님	seon saeng nim	老師
교사	gyo sa	教師
교수	gyo su	教授
부교수	bu gyo su	副教授
조교수	jo gyo su	助理教授
외국인 교수	oe gu gin gyo su	外籍教授
조교	jo gyo	助教

강사	gang sa 講師
학과장	hak kkwa jang 系主任
지도교수	ji do gyo su 指導教授
교환교수	gyo hwan gyo su 交換教授
교직원	gyo ji gwon 教職員
교장	gyo jang 校長(國小、國中、高中)
부교장	bu gyo jang 副校長
총장	chong jang 大學校長
가정교사	ga jeong gyo sa 家庭老師

相關詞彙：學生

학생	hak ssaeng 學生
동창	dong chang 同學
남학생	nam hak ssaeng 男學生
여학생	yeo hak ssaeng 女學生
반장	ban jang 班長
부반장	bu ban jang 副班長
남자선배	nam ja seon bae 學長
여자선배	yeo ja seon bae 學姊

남자후배	nam ja hu bae	學弟
여자후배	yeo ja hu bae	學妹
졸업생	jo reop ssaeng	畢業生
교환학생	gyo hwan hak ssaeng	交換學生
청강생	cheong gang saeng	旁聽學生
편입생	pyeo nip ssaeng	插班生
우등생	u deung saeng	資優生

一學校相關名詞

학교	hak kkyo [名]學校

相關：

사립 학교
sa rip hak kkyo　　　　　　　　　　私立學校

공립 학교
gong nip hak kkyo　　　　　　　　　公立學校

남녀공학
nam nyeo gong hak　　　　　　　　　男生共校制度

여자 대학교
yeo ja dae hak kkyo　　　　　　　　女子大學

교육	gyo yuk [名]教育

相關：

초등 교육
cho deung gyo yuk　　　　　　　　　初等教育

고등 교육
go deung gyo yuk　　　　　　　　　高等教育

유아 교육

yu a gyo yuk　　　　　　　　　　幼兒教育

성인 교육

seong in gyo yuk　　　　　　　　　成人教育

학위	ha gwi [名] 學位

相關：

학사 학위

hak ssa ha gwi　　　　　　　　　　學士學位

석사 학위

seok ssa ha gwi　　　　　　　　　碩士學位

박사 학위

bak ssa ha gwi　　　　　　　　　　博士學位

학사	hak ssa [名] 學士

相關：

철학 학사

cheol hak hak ssa　　　　　　　　哲學學士

경영학 학사
gyeong yeong hak hak ssa | 經營學學士

석사
seok ssa
[名] 碩士

相關:

법학 석사
beo pak seok ssa | 法學碩士

교육학 석사
gyo yu kak seok ssa | 教育學碩士

박사
bak ssa
[名] 博士

相關:

이학 박사
i hak bak ssa | 理學博士

문학 박사
mun hak bak ssa | 文學博士

졸업식
jo reop ssik
[名] 畢業典禮

相關:

졸업 증서

jo reop jeung seo   **畢業證書**

졸업 논문

jo reop non mun   **畢業論文**

졸업 연도

jo reop yeon do   **畢業年度**

학력	hang nyeok [名] 學歷

相關:

초졸

cho jol   **小學畢業**

중졸

jung jol   **國中畢業**

고졸

go jol   **高中畢業**

대졸

dae jol   **大學畢業**

입학식	i pak ssik [名] 入學典禮

| 종업식 | jong eop ssik
[名] 結業式 |

| 방학 | bang hak
[名] 放假 |

相關:

겨울 방학
gyeo ul bang hak   **寒假**

여름 방학
yeo reum bang hak   **暑假**

| 개교 기념일 | gae gyo gi nyeo mil
[名] 校慶 |

| 운동회 | un dong hoe
[名] 運動會 |

| 웅변대회 | ung byeon dae hoe
[名] 演講比賽 |

| 장학금 | jang hak kkeum
[名] 獎學金 |

例句：

장학금 신청 자격은 어떻게 되나요？

jang hak kkeum sin cheong ja gyeo geun eo tteo
ke doe na yo

獎學金的申請資格為何？

등록금	deung nok kkeum [名] 學費

相關：

학비

hak ppi 　　　　　　　　　　　　　　　　學費

생활비

saeng hwal bi 　　　　　　　　　　　　生活費

잡비

jap ppi 　　　　　　　　　　　　　　　　雜費

보증금

bo jeung geum 　　　　　　　　　　　　押金

학생증	hak ssaeng jeung [名] 學生證

교복	gyo bok [名]校服

학점	hak jjeom [名]學分

例句：

마지막 학기인데 졸업 학점이 모자랍니다 .

ma ji mak hak kki in de jo reop hak jjeo mi mo ja

ram ni da

最後一個學期了，畢業學分仍不足。

전공	jeon gong [名]主修

例句：

전공이 무엇입니까 ?

jeon gong i mu eo sim ni kka

你主修什麼？

부전공	bu jeon gong [名]輔修

例句：

그녀는 의학을 전공하고 정치학을 부전공합니다.
geu nyeo neun ui ha geul jjeon gong ha go jeong
chi ha geul ppu jeon gong ham ni da

他主修醫學，輔修政治學。

과목	gwa mok [名]科目

相關：

선택 과목

seon taek gwa mok　　　　　　　　　　選修科目

필수 과목

pil su gwa mok　　　　　　　　　　　　必修科目

교양 과목

gyo yang gwa mok　　　　　　　　　　通識科目

학기	hak kki [名]學期

相關：

일학기

il hak kki　　　　　　　　　　　　　　第一學期

이학기
i hak kki　　　　　　　　　　第二學期

삼학기
sam hak kki　　　　　　　　　第三學期

학년

hang nyeon
[名] 學年

相關：

일학년
il hang nyeon　　　　　　　　一年級生

이학년
i hang nyeon　　　　　　　　　二年級生

삼학년
sam hang nyeon　　　　　　　三年級生

사학년
sa hang nyeon　　　　　　　　四年級生

수학여행

su ha gyeo haeng
[名] 學校旅行

서클 활동

seo keul hwal dong
[名] 社團活動

학부모회

hak ppu mo hoe
[名] 家長座談會

相關詞彙：校舍

교실	gyo sil 教室
교무실	gyo mu sil 教師辦公室
캠퍼스	kaem peo seu 校園
도서관	do seo gwan 圖書館
양호실	yang ho sil 保健室
대강당	dae gang dang 大禮堂
기숙사	gi suk ssa 宿舍
체육관	che yuk kkwan 體育館
그라운드	geu ra un deu 操場
실험실	sil heom sil 實驗室
농구장	nong gu jang 籃球場
지도실	ji do sil 輔導室
음악실	eu mak ssil 音樂室
컴퓨터 교실	keom pyu teo gyo sil 電腦教室
시청각 교실	si cheong gak gyo sil 視聽教室

一考試

시험	si heom [名] 考試

應用：

시험을 보다
si heo meul ppo da　　　　　　　　　　　　　應考

시험을 치르다
si heo meul chi reu da　　　　　　　　　　　考試

시험을 망치다
si heo meul mang chi da　　　　　　　　　考砸

면접시험	myeon jeop ssi heom [名] 面試

필기시험	pil gi si heom [名] 筆試

구두 시험	gu du si heom [名] 口試

재시험	jae si heom [名] 重考

추가시험	chu ga si heom [名]補考
모의시험	mo ui si heom [名]模擬考試
중간고사	jung gan go sa [名]期中考
기말고사	gi mal kko sa [名]期末考
입학 시험	i pak si heom [名]入學考試
응시하다	eung si ha da [動]應試
컨닝하다	keon ning ha da [動]作弊
성적	seong jeok [名]成績

相關:

빵점

ppang jeom 　　　　　　　　　　　　　　　　　　　　零分

만점

man jeom 　　　　　　　　　　　　　　　　　　　　滿分

성적표

seong jeok pyo 　　　　　　　　　　　　　　　　　成績單

문제

mun je
[名] 問題

相關:

시험지

si heom ji 　　　　　　　　　　　　　　　　　　　試卷

답안지

da ban ji 　　　　　　　　　　　　　　　　　　　答案卷

합격

hap kkyeok
[名] 合格

相關:

불합격

bul hap kkyeok 　　　　　　　　　　　　　　　　不合格

수험표	su heom pyo [名] 准考證

시험장	si heom jang [名] 考場

채점	chae jeom [名] 打分數

합격 통지서	hap kkyeok tong ji seo [名] 合格通知書

相關詞彙：一般科目

국어	gu geo 國語
영어	yeong eo 英語
수학	su hak 數學
역사	yeok ssa 歷史
지리	ji ri 地理
사회	sa hoe 社會
보건	bo geon 健康教育
미술	mi sul 美術

음악	eu mak 音樂
체육	che yuk 體育
화학	hwa hak 化學
물리	mul li 物理
생물	saeng mul 生物
국사	guk ssa 國史（韓國歷史）
세계사	se gye sa 世界史
윤리	yul li 倫理
산수	san su 算數

相關詞彙：專業科目

의학	ui hak 醫學
천문학	cheon mun hak 天文學
전자 공학	jeon ja gong hak 電子工程學
언어학	eo neo hak 語言學
번역학	beo nyeo kak 翻譯學
매스컴학	mae seu keom hak 大眾傳播學
정치학	jeong chi hak 政治學
도서관학	do seo gwan hak 圖書館學

철학	cheol hak 哲學
회계학	hoe gye hak 會計學
재정학	jae jeong hak 財政學
통계학	tong gye hak 統計學
인류학	il lyu hak 人類學
사회학	sa hoe hak 社會學
심리학	sim ni hak 心理學
교육학	gyo yu kak 教育學
건축학	geon chu kak 建築學
법학	beo pak 法學
식품영양학	sik pu myeong yang hak 食品營養學
해양학	hae yang hak 海洋學
지질학	ji jil hak 地質學
무역학	mu yeo kak 貿易學
환경 공학	hwan gyeong gong hak 環境工程學

Track 111

| 수업 | su eop
[名] 課程／上課 |

相關：

수업 중
su eop jung   上課中

수업 시간
su eop si gan   上課時間

자습 시간
ja seup si gan   自習時間

| 반 | ban
[名] 班 |

相關：

일학년 이반
il hang nyeon i ban   一年二班

| 교과서 | gyo gwa seo
[名] 教科書 |

相關：

교재
gyo jae 教材

참고서
cham go seo 參考書

백과사전
baek kkwa sa jeon 百科全書

사전
sa jeon 字典

교시	gyo si [名] 堂 (課)

相關:

일 교시
il gyo si 第一堂課

이 교시
i gyo si 第二堂課

휴강	hyu gang [名] 停課

출석부	chul seok ppu [名] 點名簿

相關：

출석을 부르다

chul seo geul ppu reu da   點名

과제

gwa je
[名] 課題

相關：

교실 과제

gyo sil gwa je   課堂作業

손을 들다

so neul tteul tta
[詞組] 舉手

例句：

아는 사람 손 들어보세요 .

a neun sa ram son deu reo bo se yo

知道的人請舉手。

단어

da neo
[名] 單字

例句：

이 단어 뜻을 모르겠어요 .

i da neo tteu seul mo reu ge sseo yo

我不懂這個單字的意思。

칠판
chil pan
[名]黑板

例句 :

칠판에 쓰세요 .

chil pa ne sseu se yo

請寫在黑板上。

펴다
pyeo da
[動]翻（頁）

例句 :

다음 페이지를 펴세요 .

da eum pe i ji reul pyeo se yo

請翻到下一頁。

相關例句

자 , 수업 시작합시다 .

ja su eop si ja kap ssi da

來，我們開始上課了。

지금은 수업 시간입니다 . 다들 조용하세요 .
ji geu meun su eop si ga nim ni da da deul jjo
yong ha se yo
現在是上課時間，請大家安靜。

오늘 수업은 여기까지입니다 .
o neul ssu eo beun yeo gi kka ji im ni da
今天的課就上到這裡。

책을 덮으세요 .
chae geul tteo peu se yo
請把書闔上。

相關詞彙：學生用品

연필	yeon pil	鉛筆
지우개	ji u gae	橡皮擦
펜	pen	筆
샤프펜슬	sya peu pen seul	自動鉛筆
볼펜	bol pen	原子筆
만년필	man nyeon pil	鋼筆

필통	pil tong 鉛筆盒
자	ja 尺
컴퍼스	keom peo seu 圓規
각도기	gak tto gi 量角器
수정액	su jeong aek 立可白 / 修正液
공책	gong chaek 筆記本
도화지	do hwa ji 圖畫紙
색종이	saek jjong i 色紙
주판	ju pan 算盤
붓	but 毛筆
벼루	byeo ru 硯台
먹	meok 墨水
보드마카	bo deu ma ka 白板筆
화이트보드	hwa i teu bo deu 白板

06
Chapter
中午

저하고 점심 식사

하시겠어요 ?

你要和我一起吃午

餐嗎 ?

| 먹다 | meok tta
[動] 吃 |

例句：

혼자서 뭘 먹고 있어요?

hon ja seo mwol meok kko i sseo yo

你一個人在吃什麼？

| 잡수시다 | jap ssu si da
[動] 用餐／吃（敬語） |

例句：

아버지 , 진지 잡수세요 .

a beo ji jin ji jap ssu se yo

爸，請用餐。

| 드시다 | deu si da
[動] 吃（敬語） |

例句：

많이 드세요 .

ma ni deu se yo

多吃點。

마시다
ma si da
[動]喝

例句 :

마실 것은 뭘로 하시겠습니까 ?

ma sil geo seun mwol lo ha si get sseum ni kka

您的飲料要喝什麼?

식사하다
sik ssa ha da
[動]用餐

例句 :

식사하면서 신문 좀 보지 마세요 .

sik ssa ha myeon seo sin mun jom bo ji ma se yo

請不要邊吃飯邊看報紙。

맛보다
mat ppo da
[動]嚐

例句:

한 번 맛보세요 . 맛있어요 .

han beon mat ppo se yo ma si sseo yo

嚐嚐看吧,很好吃。

빨다	ppal tta [動] 吸／抽

相關:

빨대

ppal ttae   吸管

一餐飲店

식당	sik ttang [名]餐館

相關:

음식점

eum sik jjeom   餐飲店

레스토랑	re seu to rang [名]西餐廳

例句:

그 레스토랑의 전화 번호를 알려 주십시오 .

geu re seu to rang ui jeon hwa beon ho reul al

lyeo ju sip ssi o

請告訴我那家餐廳的電話號碼。

포장마차	po jang ma cha [名]路邊攤

相關:

떡볶이

tteok ppo kki   辣炒年糕

우동
u dong — 烏龍麵

파전
pa jeon — 煎蔥餅

순대
sun dae — 糯米腸

계란빵
gye ran ppang — 雞蛋糕

분식집	bun sik jjip [名] 小吃店／麵店

뷔페	bwi pe [名] 自助餐／吃到飽

한식집	han sik jjip [名] 韓式料理店

相關：

일식집
il sik jjip — 日式料理店

중식집
jung sik jjip — 中華料理店

패스트푸드점	pae seu teu pu deu jeom [名] 速食餐飲店

相關:

맥도널드

maek tto neol deu _____ 麥當勞

버거킹

beo geo king _____ 漢堡王

도미노피자

do mi no pi ja _____ 達美樂

피자헛

pi ja heot _____ 必勝客

스타벅스

seu ta beok sseu _____ 星巴克

相關例句

이 식당은 어디에 있습니까 ?

i sik ttang eun eo di e it sseum ni kka

這家餐館在哪裡 ?

근처에 유명한 한국 음식점이 있습니까 ?

geun cheo e yu myeong han han guk eum sik jjeo

mi it sseum ni kka

附近有沒有知名的韓式料理店？

여기 들어가서 뭐 좀 먹자 .
yeo gi deu reo ga seo mwo jom meok jja
我們在這裡吃點什麼吧。

배가 고프군요 . 무엇을 좀 먹읍시다 .
bae ga go peu gu nyo mu eo seul jjom meo geup
ssi da
肚子餓了呢！我們去吃點什麼吧。

Track 124

한국 요리
han guk yo ri
[名] 韓國料理

相關：

일본 요리
il bon yo ri 日本料理

중국 요리
jung guk yo ri 中國料理

대만 요리
dae man yo ri 台灣料理

프랑스 요리
peu rang seu yo ri 法國料理

메뉴판
me nyu pan
[名] 菜單

例句：

메뉴판 좀 주시겠어요?
me nyu pan jom ju si ge sseo yo
可以給我菜單嗎？

주식

ju sik
[名] 主食

相關:

부식	
bu sik	副食
반찬	
ban chan	小菜
수프	
su peu	湯
디저트	
di jeo teu	點心

주문하다

ju mun ha da
[動]

例句:

손님, 주문하시겠어요?

son nim ju mun ha si ge sseo yo

客人，您要點什麼？

한턱내다

han teong nae da
[動] 請客

例句：

제가 한턱내겠습니다 .

je ga han teong nae get sseum ni da

我請客。

| 물수건 | mul su geon
[名] 濕巾 |

例句：

물수건 하나만 더 주실래요 ?

mul su geon ha na man deo ju sil lae yo

可以再給我一個濕巾嗎 ?

| 젓가락 | jeot kka rak
[名] 筷子 |

例句：

저기요 , 젓가락을 바꿔 주세요 .

jeo gi yo jeot kka ra geul ppa kkwo ju se yo

服務員，請幫我換雙筷子。

| 숟가락 | sut kka rak
[名] 湯匙 |

例句：

저기요 , 숟가락을 바닥에 떨어뜨렸습니다 .

jeo gi yo sut kka ra geul ppa da kke tteo reo tteu
ryeot sseum ni da

服務員，我的湯匙掉在地上了。

포크	po keu [名]插子
칼	kal [名]刀
그릇	geu reut [名]碗盤
컵	keop [名]杯子
이쑤시개	i ssu si gae [名]牙籤
웨이터	we i teo [名]男服務生

相關：

웨이트리스
we i teu ri seu　　　　　　　　　　　女服務生

요리사
yo ri sa
[名] 廚師

相關：

주방장
ju bang jang　　　　　　　　　　　　大廚

相關例句

죄송합니다만 좀 이따가 주문해도 되겠습니까 ?
joe song ham ni da man jom i tta ga ju mun hae
do doe get sseum ni kka
對不起，我可以等一下再點餐嗎？

김치볶음밥과 된장찌개 부탁 드립니다 .
gim chi bo kkeum bap kkwa doen jang jji gae bu
tak deu rim ni da
請給我泡菜炒飯和味增湯。

스파게티 하나 주세요 .

seu pa ge ti ha na ju se yo
請給我一份義大利麵。

주문을 바꿔도 되겠습니까?
ju mu neul ppa kkwo do doe get sseum ni kka
可以更改餐點嗎?

주문하고 싶습니다.
ju mun ha go sip sseum ni da
我想點餐。

相關詞彙：韓國料理

한정식	han jeong sik 韓定食
돌솥비빔밥	dol sot ppi bim bap 石鍋拌飯
순두부 찌개	sun du bu jji gae 嫩豆腐鍋
김치찌개	gim chi jji gae 泡菜鍋
삼계탕	sam gye tang 蔘雞湯
불고기	bul go gi 烤肉
김치볶음밥	gim chi bo kkeum bap 泡菜炒飯
부대찌개	bu dae jji gae 部隊鍋
매운탕	mae un tang 辣魚湯

갈비탕	gal ppi tang 排骨湯
설렁탕	seol leong tang 牛骨湯
해물탕	hae mul tang 辣海鮮湯
떡국	tteok kkuk 年糕湯
칼국수	kal kkuk ssu 刀切麵
김치덮밥	gim chi deop ppap 炒泡菜蓋飯
만두국	man du guk 餃子湯
육개장	yuk kkae jang 牛肉辣湯
감자탕	gam ja tang 馬鈴薯排骨湯
닭도리탕	dak tto ri tang 燉煮雞肉辣湯
보신탕	bo sin tang 補身湯 / 狗肉湯
굴전골	gul jeon gol 牡蠣牛肉鍋
수제비	su je bi 麵疙瘩湯
냉면	naeng myeon 冷麵
생선구이	saeng seon gu i 烤魚
계란찜	gye ran jjim 蒸蛋

相關詞彙：中華料理

| 짜장면 | jja jang myeon 炸醬麵 |

짬뽕	jjam ppong 炒碼麵
볶음밥	bo kkeum bap 炒飯
군만두	gun man du 煎餃
탕수육	tang su yuk 糖醋肉
마파두부	ma pa du bu 麻婆豆腐
동파육	dong pa yuk 東坡肉

相關詞彙：日式料理

샤부샤부	sya bu sya bu 刷刷鍋
스키야키	seu ki ya ki 牛肉鍋
돈까스	don kka seu 豬排飯
전골요리	jeon go ryo ri 火鍋
초밥	cho bap 壽司
메밀국수	me mil guk ssu 蕎麥麵
우동	u dong 烏龍麵
생선회	saeng seon hoe 生魚片
장어구이	jang eo gu i 蒲燒鰻
오믈렛	o meul let 蛋包飯

相關詞彙：速食

햄버거	haem beo geo	漢堡
프렌치 프라이	peu ren chi peu ra i	薯條
핫도그	hat tto geu	熱狗
피자	pi ja	披薩
프라이드 치킨	peu ra i deu chi kin	炸雞
샌드위치	saen deu wi chi	三明治
콜라	kol la	可樂

相關例句

여기서 먹을 겁니다 .
yeo gi seo meo geul kkeom ni da
我要在這裡吃。

가지고 갈 겁니다 .
ga ji go gal kkeom ni da
我要外帶。

토마토 케첩 좀 주세요 .
to ma to ke cheop jom ju se yo
請給我一點蕃茄醬。

──便利商店

Track 133

편의점	pyeo nui jeom [名] 便利商店

相關：

세븐일레븐

se beu nil le beun　　　　　　　　　　7-Eleven

훼미리마트

hwe mi ri ma teu　　　　　　　　全家便利超商

음료수	eum nyo su [名] 飲料

相關：

주스

ju seu　　　　　　　　　　　　　　　　果汁

커피

keo pi　　　　　　　　　　　　　　　　咖啡

우유

u yu　　　　　　　　　　　　　　　　　牛奶

차

cha　　　　　　　　　　　　　　　　　　茶

| 물 | mul
[名]水 |

相關:

생수

saeng su 礦泉水

| 담배 | dam bae
[名]香菸 |

應用:

담배를 피우다

dam bae reul pi u da 抽菸

| 라이터 | ra i teo
[名]打火機 |

| 과자 | gwa ja
[名]點心糕餅 |

相關:

포테이토 칩

po te i to chip 洋芋片

빼빼로
ppae ppae ro   巧克力棒

짠크래커
jjan keu rae keo   鹹餅乾

단크래커
dan keu rae keo   甜餅乾

소다크래커
so da keu rae keo   蘇打餅乾

비스켓
bi seu ket   夾心餅乾

사탕	sa tang [名] 糖果

相關：

캐러멜
kae reo mel   牛奶糖

껌
kkeom   口香糖

초콜릿
cho kol lit   巧克力

목캔디
mok kaen di   喉糖

푸딩

pu ding
[名]布丁

相關 :

젤리

jel li　　　　　　　　　　　　　　　　　　　　果凍

팝콘

pap kon
[名]爆米花

例句 :

팝콘을 먹으면서 영화를 봅니다 .

pap ko neul meo geu myeon seo yeong hwa reul
ppom ni da

邊吃爆米花邊看電影。

아이스크림

a i seu keu rim
[名]冰淇淋

相關 :

아이스바

a i seu ba　　　　　　　　　　　　　　　　　　冰棒

식빵

sik ppang
[名]吐司

相關：

팥빵
pat ppang   紅豆麵包

쨈빵
jjaem ppang   果醬麵包

곰보빵
gom bo ppang   波蘿麵包

이십사 시간

i sip ssa si gan
[名]二十四小時

相關例句

저 앞에 편의점이 있네요 .
jeo a pe pyeo nui jeo mi in ne yo
前面有一家便利商店耶！

빨대 좀 주시겠어요 ?
ppal ttae jom ju si ge sseo yo
可以給我吸管嗎？

07
Chapter
下午

우리 쇼핑이나 하

러 갈까요 ?

我們去逛街好不

好 ?

——購物相關動詞

 Track 138

쇼핑하다	syo ping ha da [動] 購物

例句:

저와 함께 쇼핑하러 가지 않을래요？

jeo wa ham kke syo ping ha reo ga ji a neul lae yo

要不要和我一起去逛街？

사다	sa da [動] 買

例句:

옷을 한 벌 사고 싶어요 .

o seul han beol sa go si peo yo

我想買一件衣服。

팔다	pal tta [動] 賣

例句:

여기서 엽서를 팝니까?

yeo gi seo yeop sseo reul pam ni kka

這裡有賣明信片嗎？

고르다	go reu da [動] 挑選

例句：

한 번 골라 봐요.

han beon gol la bwa yo

你挑選看看吧。

시용하다	si yong ha da [動] 試用

相關：

무료 시용

mu ryo si yong　　　　　　　　　　免費試用

구경하다	gu gyeong ha da [動] 觀賞

例句：

천천히 구경하세요 .

cheon cheon hi gu gyeong ha se yo

慢慢看。

비교하다	bi gyo ha da [動] 比較

계산하다	gye san ha da [動] 結帳

例句 :

어디서 계산하나요 ?

eo di seo gye san ha na yo

在哪結帳呢 ?

줄을 서다	ju reul sseo da [詞組] 排隊

값을 깎다	gap sseul kkak tta [詞組] 殺價

相關 :

값을 흥정하다

gap sseul heung jeong ha da   **討價還價**

환불하다
hwan bul ha da
[動] 退費

例句 :

표를 환불하고 싶은데요 .

pyo reul hwan bul ha go si peun de yo

我想退票。

교환하다
gyo hwan ha da
[動] 換貨／交換

例句 :

사이즈가 안 맞으면 교환할 수 있나요 ?

sa i jeu ga an ma jeu myeon gyo hwan hal ssu in

na yo

如果尺寸不合，可以換嗎？

반품하다
ban pum ha da
[動] 退貨

例句:

이것을 반품할 수 있나요?

i geo seul ppan pum hal ssu in na yo

這可以退貨嗎?

입어보다

i beo bo da
[動] 試穿(衣服)

例句:

이 바지를 입어봐도 됩니까?

i ba ji reul i beo bwa do doem ni kka

可以試穿這件褲子嗎?

相關例句

짧은 치마를 사고 싶어요.

jjal beun chi ma reul ssa go si peo yo

我想買短裙。

티셔츠를 찾고 있습니다.

ti syeo cheu reul chat kko it sseum ni da

我在找 T 恤。

제가 입어봐도 될까요 ?
je ga i beo bwa do doel kka yo
我可以試穿嗎 ?

相關詞彙：購物場所

상점	sang jeom 商店
가게	ga ge 商店
백화점	bae kwa jeom **百貨公司**
쇼핑몰	syo ping mol **購物中心**
슈퍼마켓	syu peo ma ket **超級市場**
시장	si jang **市場**
면세점	myeon se jeom **免稅店**
도매점	do mae jeom **批發商店**
소매점	so mae jeom **零售商店**
양품점	yang pum jeom **進口商品店**
벼룩시장	byeo ruk ssi jang **跳蚤市場**
상가	sang ga **商業街**
지하상가	ji ha sang ga **地下商街**
노점	no jeom **攤販**

드럭스토어	deu reok sseu to eo	藥妝店
옷 가게	ot ga ge	服飾店
구두점	gu du jeom	皮鞋店
보석점	bo seok jjeom	珠寶店
시계점	si gye jeom	鐘錶店
안경집	an gyeong jip	眼鏡行
과일가게	gwa il ga ge	水果店
서점	seo jeom	書店
빵집	ppang jip	麵包店
꽃집	kkot jjip	花店
문구점	mun gu jeom	文具店
귀금속점	gwi geum sok jjeom	銀樓
약국	yak kkuk	藥局
화장품점	hwa jang pum jeom	化妝品店
가구점	ga gu jeom	家具店
선물 가게	seon mul ga ge	禮品店
완구점	wan gu jeom	玩具店
전문점	jeon mun jeom	專賣店

Track 145

相關例句

백화점이 어디에 있습니까?

bae kwa jeo mi eo di e it sseum ni kka

百貨公司在哪裡？

이 근처에 면세점이 있습니까?

i geun cheo e myeon se jeo mi it sseum ni kka

這附近有免稅店嗎？

여성복 매장은 어디예요?

yeo seong bok mae jang eun eo di ye yo

女性服飾賣場在哪裡？

購物相關形容詞

 Track 146

싸다	ssa da [形] 便宜

例句：

싸게 주면 안 돼요?

ssa ge ju myeon an dwae yo

不能算便宜一點嗎？

비싸다	bi ssa da [形] 昂貴

例句：

조금 비싸군요.

jo geum bi ssa gu nyo

有點貴耶！

크다	keu da [形] 大

例句：

이것보다 더 큰 것은 없습니까?

i geot ppo da deo keun geo seun eop sseum ni
kka

沒有比這個還大的嗎?

| 작다 | jak tta
[形] 小 |

例句:

이건 좀 작은데요.

i geon jom ja geun de yo

這有點小。

| 길다 | gil da
[形] 長 |

例句:

제 머리카락이 길어서 자르고 싶습니다.

je meo ri ka ra gi gi reo seo ja reu go sip sseum ni
da

我的頭髮很長,想剪掉。

| 짧다 | jjap tta
[形] 短 |

例句：

좀 더 짧은 바지는 없나요 ?

jom deo jjal beun ba ji neun eom na yo

沒有再短一點的褲子嗎？

| 타이트하다 | ta i teu ha da
[形] 緊 |

例句：

바지는 예쁜데 너무 타이트합니다 .

ba ji neun ye ppeun de neo mu ta i teu ham ni da

褲子很好看但是太緊了。

| 헐렁하다 | heol leong ha da
[形] 寬鬆 |

例句：

이 옷은 너무 헐렁합니다 .

i o seun neo mu heol leong ham ni da

這件衣服太寬鬆了。

두껍다

du kkeop tta
[形] 厚

例句:

두꺼운 외투를 입고 있습니다 .

du kkeo un oe tu reul ip kko it sseum ni da

穿著很厚的外套。

얇다

yap tta
[形] 薄

例句:

옷은 매우 얇습니다 .

o seun mae u yap sseum ni da

衣服很薄。

잘 맞다

jal mat tta
[詞組] 合身

例句:

이 신발 잘 맞습니까 ?

i sin bal jjal mat sseum ni kka

這雙鞋合腳嗎 ?

꽉 끼다

kkwak kki da
[詞組] 很緊

例句：

여기가 좀 꽉 낍니다 .

yeo gi ga jom kkwak kkim ni da

這裡很緊。

相關詞彙：百貨部門

화장품	hwa jang pum	**化妝品**
명품	myeong pum	**名牌貨**
여성복	yeo seong bok	**女裝**
남성복	nam seong bok	**男裝**
아동복	a dong bok	**童裝**
란제리	ran je ri	**女內衣**
CD 판매점	cd pan mae jeom	**唱片行**
특산물	teuk ssan mul	**特產 / 名產**
생활 용품	saeng hwal yong pum	**生活用品**
골프 용품	gol peu yong pum	**高爾夫用品**
스포츠 용품	seu po cheu yong pum	**體育用品**

푸드홀	pu deu hol 美食區
가전	ga jeon 家電
잡화	ja pwa 雜貨
신발	sin bal 鞋子
가방	ga bang 包包
서적	seo jeok 書籍
화장실	hwa jang sil 洗手間
엘리베이터	el li be i teo 電梯
에스컬레이터	e seu keol le i teo 電扶梯

| 점원 | jeo mwon
[名]店員 |

相關：

점장

jeo mjang ——————————————————— 店長

| 고객 | go gaek
[名]顧客 |

相關：

손님

son nim ——————————————————— 客人

| 가격 | ga gyeok
[名]價格 |

相關：

판매가

pan mae ga ——————————————————— 銷售價

가격표

ga gyeok pyo ——————————————————— 價格牌

세일 기간

se il gi gan
[名]特價期間

相關:

재고 정리 세일
jae go jeong ni se il　　　　　　　　清倉大拍賣

저가 판매
jeo ga pan mae　　　　　　　　低價銷售

바겐 세일
ba gen se il　　　　　　　　大減價

쿠폰

ku pon
[名]禮券

相關:

특가
teuk kka　　　　　　　　特價

무료
mu ryo　　　　　　　　免費

반값
ban gap　　　　　　　　半價

할인
ha rin
[名]打折

相關:

최저 가격
choe jeo ga gyeo   最低價格

20 프로 할인
i sip peu ro ha rin   打八折

50 프로 할인
o sip peu ro ha rin   打五折

광고지
gwang go ji
[名]廣告傳單

영업일
yeong eo bil
[名]營業日

相關:

영업중
yeong eop jjung   營業中

영업 시간
yeong eop si gan   營業時間

야간 영업
ya gan yeong eop | 晚間營業

경품	gyeong pum [名] 贈品

고객 서비스	go gaek seo bi seu [名] 客服

상품	sang pum [名] 商品

相關：

제품
je pum | 產品

수입품
su ip pum | 進口貨

국산품
guk ssan pum | 國貨

중고품
jung go pum | 中古品

비매품
bi mae pum | 非賣品

| 재고 | jae go
[名]庫存 |

| 품질 | pum jil
[名]品質 |

例句：

품질은 어떻습니까 ?

pum ji reun eo tteo sseum ni kka

品質如何 ?

| 브랜드 | beu raen deu
[名]品牌 |

例句：

어느 브랜드가 제일 좋습니까 ?

eo neu beu raen deu ga je il jo sseum ni kka

哪一個品牌最好呢 ?

| 복식 | bok ssik
[名]服飾 |

相關：

옷
ot 衣服

바지
ba ji 褲子

외투
oe tu 外套

원피스
won pi seu 連身洋裝

청바지
cheong ba ji 牛仔褲

신발

sin bal
[名] 鞋子

相關：

구두
gu du 皮鞋

하이힐
ha i hil 高跟鞋

운동화
un dong hwa 運動鞋

슬리퍼
seul li peo 拖鞋

샌들
saen deul 涼鞋

부츠
bu cheu 靴子

액세서리
aek sse seo ri
[名]飾品

相關：

반지
ban ji 戒指

목걸이
mok kkeo ri 項鍊

귀걸이
gwi geo ri 耳環

손목시계
son mok ssi gye 手錶

가방
ga bang
[名]包包

相關：

지갑

ji gap **皮夾**

손가방

son ga bang **手提包**

배낭

bae nang **背包**

여행가방

yeo haeng ga bang **旅行箱**

相關例句

저 운동화 좀 보여주시겠어요 ?

jeo un dong hwa jom bo yeo ju si ge sseo yo

那雙球鞋可以給我看看嗎 ?

이 컴퓨터는 세일 중인가요 ?

i keom pyu teo neun se il jung in ga yo

這台電腦在打折嗎 ?

그건 수입품입니까 ?

geu geon su ip pu mim ni kka

那是進口貨嗎 ?

전시품은 있어요 ?

jeon si pu meun i sseo yo

有展示品嗎 ?

相關詞彙：尺寸

사이즈	sa i jeu 尺寸
치수	chi su 尺寸
길이	gi ri 長度
넓이	neop i 寬度
엠 사이즈	em sa i jeu M 號
라지 사이즈	ra ji sa i jeu 大尺寸
크기	keu gi 大小
가슴둘레	ga seum dul le 胸圍
허리둘레	heo ri dul le 腰圍
엉덩이둘레	eong deong i dul le 臀圍
신장	sin jang 身長
다리길이	da ri gi ri 腿長
대	dae 大
중	jung 中

소	so 小
특대	teuk ttae 特大

相關詞彙：顏色

색깔	saek kkal 顏色
흰색	hin saek 白色
검은색	geo meun saek 黑色
노랑색	no rang saek 黃色
오렌지색	o ren ji saek 橘黃色
녹색	nok ssaek 綠色
초록색	cho rok ssaek 草綠色
연두색	yeon du saek 淺綠色
청록색	cheong nok ssaek 藍綠色
파란색	pa ran saek 藍色
빨간색	ppal kkan saek 紅色
분홍색	bun hong saek 粉紅色
핑크색	ping keu saek 粉紅色(pink)
자주색	ja ju saek 紫色
갈색	gal ssaek 褐色

회색	hoe saek 灰色
커피색	keo pi saek 咖啡色（coffee）
카키색	ka ki saek 卡其色
금색	geum saek 金色
은색	eun saek 銀色
동색	dong saek 銅色
얕은색	ya teun saek 淺色
짙은색	ji teun saek 深色
장미색	jang mi saek 玫瑰色
피부색	pi bu saek 皮膚色

相關詞彙：材質

옷감	ot kkam 布料
천	cheon 布
면	myeon 棉
울	ul 羊毛
마	ma 麻
실크	sil keu 絲綢
레이온	re i on 人造絲

혼방	hon bang 混紡
가죽	ga juk 皮革
악어 가죽	a geo ga juk 鱷魚皮
인조 가죽	in jo ga ju gm 人造皮
골덴	gol den 燈芯絨
합성섬유	hap sseong seo myu 合成纖維
나일론	na il lon 尼龍
섬유	seo myu 纖維
고무	go mu 橡膠
비닐	bi nil 塑膠

相關例句

사이즈가 어떻게 되시죠？
sa i jeu ga eo tteo ke doe si jyo
請問您的尺寸是？

옷감은 무엇입니까？
ot kka meun mu eo sim ni kka
是什麼衣料？

185

울 100 퍼센트입니다 .

ul baek peo sen teu im ni da

這是百分之百的毛料。

이것으로 다른 색상도 있습니까 ?

i geo seu ro da reun saek ssang do it sseum ni kka

這個有其他顏色的嗎 ?

이것으로 다른 무늬도 있습니까 ?

i geo seu ro da reun mu ni do it sseum ni kka

這個有其他花紋的嗎 ?

이것은 무슨 보석입니까 ?

i geo seun mu seun bo seo gim ni kka

這是什麼寶石 ?

가죽 제품이 있습니까 ?

ga juk je pu mi it sseum ni kka

有皮革製品嗎 ?

一結帳

계산대	gye san dae [名] 收銀台

相關:

카운터
ka un teo　　　　　　　　　　　　　收銀台

지불하다	ji bul ha da [動] 支付

例句:

현금으로 지불하겠습니다 .
hyeon geu meu ro ji bul ha get sseum ni da
我要用現金付款。

계산하다	gye san ha da [動] 結帳

例句:

계산해 주세요 .
gye san hae ju se yo
請幫我結帳。

포장하다

po jang ha da
[動] 包裝

例句：

따로따로 포장해 주세요 .

tta ro tta ro po jang hae ju se yo

請幫我分開包裝。

영수증

yeong su jeung
[名] 收據

例句：

거스름돈과 영수증 받으세요 .

geo seu reum don gwa yeong su jeung ba deu se yo

請收下找的錢和收據。

할부

hal ppu
[名] 分期付款

相關：

일시불

il si bul   一次付清

| 분할 지불 | bun hal jji bul
分期付款 |

| 현금 | hyeon geum
[名] 現金 |

例句：

현금으로 지불하셔야 됩니다 .

hyeon geu meu ro ji bul ha syeo ya doem ni da

您必須要用現金付款。

| 신용카드 | si nyong ka deu
[名] 信用卡 |

相關：

지불 카드

ji bul ka deu   現金卡

例句：

신용카드를 잃어버렸습니다 .

si nyong ka deu reul i reo beo ryeot sseum ni da

我信用卡不見了。

189

한국돈
han guk tton
[名] 韓幣

相關:

달러
dal leo ———————————————————————— 美金

엔화
en hwa ———————————————————————— 日幣

합계
hap kkye
[名] 合計

相關:

총합계
chong hap kkye ———————————————————————— 總計

종이 봉투
jong i bong tu
[名] 紙袋

相關:

비닐 봉투
bi nil bong tu ———————————————————————— 塑膠袋

例句：

종이 봉투 좀 주시겠어요 ?

jong i bong tu jom ju si ge sseo yo

可以給我個紙袋嗎 ？

소비세

so bi se
[名] 消費稅

例句：

소비세도 부과됩니까 ?

so bi se do bu gwa doem ni kka

要課消費稅嗎 ？

세금 별도

se geum byeol do
[名] 不含稅

사인하다

sa in ha da
[動] 簽名

例句：

여기서 사인해 주세요 .

yeo gi seo sa in hae ju se yo

請您在這裡簽名。

相關例句

거스름돈이 모자라요 .

geo seu reum do ni mo ja ra yo

我零錢不夠。

비싸지 않군요 . 그걸 사겠어요 .

bi ssa ji an ku nyo geu geol sa ge sseo yo

不貴耶！我要買那個。

포장해 주시겠어요 ?

po jang hae ju si ge sseo yo

可以幫我包裝嗎？

08
Chapter
下午茶

맛있는 케이크 집
추천해 주세요 .
請推薦好吃的蛋糕
店給我。

| 케이크 뷔페 | ke i keu bwi pe
[名] 自助式蛋糕 |

相關：

케이크 집
ke i keu jip ———————————————— 蛋糕店

빵집
ppang jip ———————————————— 麵包店

| 케이크 | ke i keu
[名] 蛋糕 |

相關：

치즈케이크
chi jeu ke i keu ———————————————— 起司蛋糕

무스케이크
mu seu ke i keu ———————————————— 慕斯蛋糕

생크림케이크
saeng keu rim ke i keu ———————————————— 鮮奶油蛋糕

컵케이크
keop ke i keu ———————————————— 杯子蛋糕

롤케이크
rol ke i keu   蛋糕捲

핫케이크
hat ke i keu   熱蛋糕

프루츠 케이크
peu ru cheu ke i keu   水果蛋糕

크리스마스 케이크
keu ri seu ma seu ke i keu   聖誕蛋糕

생일 케이크
saeng il ke i keu   生日蛋糕

파이
pa i
[名] 派

相關：

초코파이
cho ko pa i   巧克力派

호두파이
ho du pa i   核桃派

애플파이
ae peul pa i   蘋果派

와플
wa peul
[名] 鬆餅

例句:

딸기 와플로 주세요 .
ttal kki wa peul lo ju se yo
請給我草莓鬆餅。

도넛
do neot
[名] 甜甜圈

相關:

미스터 도넛
mi seu teo do neot　　　　多拿滋先生

던킨도넛
deon kin do neot　　　　DUNKIN' DONUTS

타르트
ta reu teu
[名] 蛋塔

相關:

에그 타르트
e geu ta reu teu　　　　原味蛋塔

치즈 타르트
chi jeu ta reu teu　　　　　　　　　**起士蛋塔**

슈크림	syu keu rim [名] 泡芙

例句:

슈크림 빵 만드는 방법 알려 주세요 .

syu keu rim ppang man deu neun bang beop al
lyeo ju se yo

請告訴我製作泡芙的方法。

붕어빵	bung eo ppang [名] 鯛魚燒

빙수	bing su [名] 刨冰

相關:

과일 빙수
gwa il bing su　　　　　　　　　**水果刨冰**
팥빙수
pat pping su　　　　　　　　　**紅豆刨冰**

초콜릿 선데이

cho kol lit seon de i
[名] 巧克力聖代

例句：

초콜릿 선데이 하나 주세요 .

cho kol lit seon de i ha na ju se yo

請給我一個巧克力聖代。

오방떡

o bang tteok
[名] 紅豆餅

相關例句

이 집에서 제일 인기 있는 케이크는 뭐예요 ?

i ji be seo je il in gi in neun ke i keu neun mwo ye
yo

這家店最受歡迎的蛋糕是什麼？

이 케이크는 너무 달지 않고 맛있네요 .

i ke i keu neun neo mu dal jji an ko ma sin ne yo

這個蛋糕不會很甜很好吃耶！

과일 빙수 하나 주세요 .

gwa il bing su ha na ju se yo

請給我一個水果刨冰。

一各式飲料

커피숍	keo pi syop [名]咖啡館

例句:

어제 커피숍에서 친구를 만났어요.

eo je keo pi syo be seo chin gu reul man na sseo
yo

昨天在咖啡廳見了朋友。

커피	keo pi [名]咖啡

相關:

아이스 커피

a i seu keo pi   冰咖啡

카페라테

ka pe ra te   咖啡拿鐵

카푸치노 커피

ka pu chi no keo pi   卡布其諾咖啡

블랙 커피

beul laek keo pi   黑咖啡

원두커피
won du keo pi ——————————— 原味咖啡

캔 커피
kaen keo pi ——————————— 罐裝咖啡

모카 커피
mo ka keo pi ——————————— 摩卡咖啡

인스턴트 커피
in seu teon teu keo pi ——————————— 即溶咖啡

녹차

nok cha
[名] 綠茶

相關：

홍차
hong cha ——————————— 紅茶

우롱차
u rong cha ——————————— 烏龍茶

밀크티
mil keu ti ——————————— 奶茶

레몬차
re mon cha ——————————— 檸檬茶

보리차
bo ri cha ——————————— 麥茶

옥수수차
ok ssu su cha   玉米茶

국화차
gu kwa cha   菊花茶

보이차
bo i cha   普洱茶

자스민차
ja seu min cha   茉莉花茶

율무차
yul mu cha   薏仁茶

유자차
yu ja cha   柚子茶

코코아
ko ko a
[名] 可可亞

相關：

핫코코아
hat ko ko a   熱可可

핫초코
hat cho ko   熱巧克力

| 요쿠르트 | yo ku reu teu
[名] 養樂多 |

| 콜라 | kol la
[名] 可樂 |

相關：

코카콜라
ko ka kol la　　　　　　　　　　　可口可樂

펩시 콜라
pep ssi kol la　　　　　　　　　　　百事可樂

| 두유 | du yu
[名] 豆奶 |

例句：

두유 좋아하시나요 ?
du yu jo a ha si na yo
你喜歡喝豆奶嗎 ?

| 우유 | u yu
[名] 牛奶 |

相關：

바나나 우유

ba na na u yu　　　　　　　　　　　　香蕉牛奶

딸기 우유

ttal kki u yu　　　　　　　　　　　　草莓牛奶

커피 우유

keo pi u yu　　　　　　　　　　　　咖啡牛奶

주스

ju seu
[名] 果汁

相關：

사과 주스

sa gwa ju seu　　　　　　　　　　　　蘋果汁

오렌지 주스

o ren ji ju seu　　　　　　　　　　　　柳橙汁

포도 주스

po do ju seu　　　　　　　　　　　　葡萄汁

수박 주스

su bak jju seu　　　　　　　　　　　　西瓜汁

레몬 주스

re mon ju seu　　　　　　　　　　　　檸檬果汁

자몽 주스
ja mong ju seu 　　　　　　　　　　葡萄柚果汁

토마토 주스
to ma to ju seu 　　　　　　　　　　番茄汁

키위 주스
ki wi ju seu 　　　　　　　　　　奇異果果汁

탄산 음료

tan san eum nyo
[名]碳酸飲料

例句：

여기서 파는 탄산음료는 종류도 참 많아요 .

yeo gi seo pa neun tan sa neum nyo neun jong

nyu do cham ma na yo

這裡賣得碳酸飲料種類真多。

相關例句

아이스커피 큰 컵 한 잔 주세요 .

a i seu keo pi keun keop han jan ju se yo

給我一杯大杯的冰咖啡。

커피라떼 있나요 ?
keo pi ra tte in na yo
有咖啡拿鐵嗎 ？

딸기 주스를 주문했습니다 .
ttal kki ju seu reul jju mun haet sseum ni da
我點了草莓果汁。

차에 레몬을 넣어 주세요 .
cha e re mo neul neo eo ju se yo
請幫我在茶裡加檸檬。

설탕을 넣어 주세요 .
seol tang eul neo eo ju se yo
請幫我加糖。

韓國人天天會用到的
韓語單字

09
Chapter
抵達公園

같이 농구 하러 갈

까요?

要不要一起去打籃

球?

운동	un dong [名]運動

例句：

운동은 건강에 좋습니다 .

un dong eun geon gang e jo sseum ni da

運動對健康很好。

운동회	un dong hoe [名]運動會

相關：

운동 선수

un dong seon su　　　　　　　　　　　　　　運動員

운동복

un dong bok　　　　　　　　　　　　　　運動服

운동화

un dong hwa　　　　　　　　　　　　　　球鞋

공원	gong won [名]公園

相關:

분수지

bun su ji 噴水池

벤치

ben chi 長椅子

트랙

teu raek 跑道

스포츠

seu po cheu
[名]體育／運動

相關:

스포츠 팬

seu po cheu paen 體育迷

스포츠 뉴스

seu po cheu nyu seu 體育新聞

야구

ya gu
[名]棒球

相關:

프로야구

peu ro ya gu 職棒

야구공
ya gu gong _____ (棒)球

글러브
geul leo beu _____ (棒球)手套

배트
bae teu _____ 球棒

조깅	jo ging [名]慢跑

相關:

조깅화
jo ging hwa _____ 慢跑鞋

마라톤
ma ra ton _____ 馬拉松

장거리 달리기
jang geo ri dal li gi _____ 長跑

골프	gol peu [名]高爾夫

相關:

골프장
gol peu jang — 高爾夫場

골프공
gol peu gong — 高爾夫球

골퍼
gol peo — 高爾夫球手

홀
hol — 球洞

농구

nong gu
[名] 籃球

相關：

농구장
nong gu jang — 籃球場

농구공
nong gu gong — 籃球

슛
syut — 投籃

패스
pae seu — 傳球

테니스	te ni seu [名] 網球

相關：

테니스장
te ni seu jang _____ 網球場
테니스 코트
te ni seu ko teu _____ 網球場
네트
ne teu _____ 球網
라켓
ra ket _____ 網球拍

제자리 멀리뛰기	je ja ri meol li ttwi gi [名] 立定跳遠

줄넘기	jul leom gi [名] 跳繩

거꾸로 오르기	geo kku ro o reu gi [名] 吊單槓

수영

su yeong
[名] 游泳

相關:

수영장
su yeong jang — 游泳池

수영복
su yeong bok — 泳裝

평영
pyeong yeong — 蛙式

배영
bae yeong — 仰式

자유형
ja yu hyeong — 自由式

접영
jeo byeong — 蝶式

수중 발레
su jung bal le — 水中芭雷

피크닉

pi keu nik
[名] 野餐

하이킹	ha i king [名] 遠足

캠프	kaem peu [名] 露營

사이클링	sa i keul ling [名] 騎自行車

相關詞彙：球類運動

미식축구	mi sik chuk kku 橄欖球
배드민턴	bae deu min teon 羽毛球
탁구	tak kku 桌球
당구	dang gu 撞球
배구	bae gu 排球
볼링	bol ling 保齡球
축구	chuk kku 足球
소프트볼	so peu teu bol 壘球
스쿼시	seu kwo si 壁球
피구	pi gu 躲避球

| 하키 | ha ki 曲棍球 |
| 비치발리볼 | bi chi bal li bol 沙灘排球 |

相關詞彙：其他運動

사교 댄스	sa gyo daen seu 社交舞
에어로빅	e eo ro bik 健身操
보디 빌딩	bo di bil ding 健身運動
체조	che jo 體操
수상 스포츠	su sang seu po cheu 水上運動
스케이팅	seu ke i ting 溜冰
스키	seu ki 滑雪
등산	deung san 登山
파도타기	pa do ta gi 沖浪
검도	geom do 劍道
승마	seung ma 騎馬
경보	gyeong bo 競走
무술	mu sul 武術
공수도	gong su do 空手道
씨름	ssi reum 摔跤

합기도	hap kki do 合氣道
태권도	tae gwon do 跆拳道
태극권	tae geuk kkwon 太極拳
유도	yu do 柔道
복싱	bok ssing 拳擊

一比賽用語

| 시합 | si hap
[名] 比賽 |

相關：

경기

gyeong gi 比賽

| 승부 | seung bu
[名] 勝負 |

| 무승부 | mu seung bu
[名] 無勝負 |

例句：

경기는 무승부로 끝났습니다 .

gyeong gi neun mu seung bu ro kkeun nat sseum
ni da

比賽以平手結束。

| 이기다 | i gi da
[動] 贏 |

例句:

우리 팀은 어제의 경기에서 2 대 1 로 이겼어요 .

u ri ti meun eo je ui gyeong gi e seo i dae il lo i
gyeo sseo yo

我們的隊在昨天的比賽以二比一贏了。

지다	ji da [動] 輸

例句:

우리 팀이 졌어요 .

u ri ti mi jeo sseo yo

我們隊輸了。

비기다	bi gi da [動] 平手

例句:

경기는 3 대 3 으로 비겼어요 .

gyeong gi neun sam dae sa meu ro bi gyeo sseo
yo

比賽以三比三平手。

선수

seon su
[名] 選手

相關:

코치
ko chi — 教練

보결
bo gyeol — 後補

대표
dae pyo — 代表

우승컵

u seung keop
[名] 獎杯

相關:

금메달
geum me dal — 金牌

은메달
eun me dal — 銀牌

동메달
dong me dal — 銅牌

연장전
yeon jang jeon
[名] 延長賽

相關：

전반전
jeon ban jeon　　　　　　　　　　　　　前半場

후반전
hu ban jeon　　　　　　　　　　　　　後半場

올림픽
ol lim pik
[名] 奧林匹克

예선
ye seon
[名] 預賽

相關：

결승
gyeol seung　　　　　　　　　　　　　決賽

패자 부활전
pae ja bu hwal jeon　　　　　　　　　　敗部復活賽

응원하다
eung won ha da
[動] 應援／加油

例句：

어느 팀을 응원하십니까？

eo neu ti meul eung won ha sim ni kka

你支持哪一隊？

相關例句

골프를 쳐 본 적이 있으세요？

gol peu reul cheo bon jeo gi i sseu se yo

你打過高爾夫嗎？

농구를 잘 하십니까？

nong gu reul jjal ha sim ni kka

你籃球打得好嗎？

평소에 어떤 운동을 하십니까？

pyeong so e eo tteon un dong eul ha sim ni kka

你平時會做什麼運動？

韓國人天天會用到的
韓語單字

10
Chapter
晚上

저녁에는 뭐 먹어

요?

晚餐我們吃什麼?

삶다	sam da [動] 煮

應用:

계란을 삶다

gye ra neul ssam da　　　　　　　　　　　　　煮蛋

볶다	bok tta [動] 炒

應用:

고기를 볶다

go gi reul ppok tta　　　　　　　　　　　　　炒肉

튀기다	twi gi da [動] 炸

應用:

새우를 튀기다

sae u reul twi gi da　　　　　　　　　　　　　炸蝦

부치다
bu chi da
[動] 煎

應用:

파전을 부치다

pa jeo neul ppu chi da ⸺⸺⸺ 煎蔥餅

굽다
gup tta
[動] 烤

應用:

빵을 굽다

ppang eul kkup tta ⸺⸺⸺ 烤麵包

찌다
jji da
[動] 蒸

應用:

만두를 찌다

man du reul jji da ⸺⸺⸺ 蒸餃

다지다
da ji da
[動] 切成碎末

Track 199

應用:

고기를 다지다

go gi reul tta ji da　　　　　　　　剁肉

| 비비다 | bi bi da
[動] 拌／搓揉 |

應用:

밥을 비비다

ba beul ppi bi da　　　　　　　　拌飯

| 끓이다 | kkeu ri da
[動] 煮／燒開 |

應用:

라면을 끓이다

ra myeo neul kkeu ri da　　　　　　煮泡麵

| 절이다 | jeo ri da
[動] 腌 |

應用:

배추를 절이다

bae chu reul jjeo ri da　　　　　　　　　　　　醃白菜

밥을 짓다	ba beul jjit tta [詞組] 煮飯

벗기다	beot kki da [動] 剝

應用:

껍질을 벗기다

kkeop jji reul ppeot kki da　　　　　　　　　　剝皮

씻다	ssit tta [動] 洗

應用:

채소를 씻다

chae so reul ssit tta　　　　　　　　　　　　洗菜

썰다	sseol da [動] 切

應用:

오이를 썰다

o i reul sseol da　　　　　　　　　　切小黃瓜

| 빗다 | bit tta
[動]包/捏/搓 |

應用:

만두를 빚다

man du reul ppit tta　　　　　　　　　包餃子

| 찧다 | jji ta
[動]搗/碾 |

應用:

마늘을 찧다

ma neu reul jji ta　　　　　　　　　搗蒜

| 뚜껑을 열다 | ttu kkeong eul yeol da
[詞組]掀蓋 |

| 뚜껑을 닫다 | ttu kkeong eul ttat tta
[詞組]蓋上蓋子 |

맛

mat
[名] 味道

相關：

맛있다

ma sit tta 　　　　　　　　　　　　　　　好吃

맛없다

ma deop tta 　　　　　　　　　　　　　　　難吃

군침이 돌다

gun chi mi dol da 　　　　　　　　　　　　流口水

냄새가 좋다

naem sae ga jo ta 　　　　　　　　香味(味道好)

맛이 별로다

ma si byeol lo da 　　　　　　　　　　　味道一般

相關例句

제가 과식을 했나 봐요.

je ga gwa si geul haen na bwa yo

我好像吃太多了

사과를 좀 먹고 싶어요.

sa gwa reul jjom meok kko si peo yo

我想吃點蘋果。

229

맛있는 냄새가 나는데요 .
ma sin neun naem sae ga na neun de yo
聞起來好香啊！

엄마 , 저 후식 좀 먹어도 돼요 ?
eom ma jeo hu sik jom meo geo do dwae yo
媽，我可以吃點心嗎？

서둘러요 . 나 정말 배고파요 .
seo dul leo yo na jeong mal ppae go pa yo
趕快，我真的肚子好餓。

相關詞彙：調味料

조미료	jo mi ryo 調味料
간장	gan jang 醬油
소금	so geum 鹽巴
고추장	go chu jang 辣椒醬
식초	sik cho 食用醋
된장	doen jang 味增
머스터드	meo seu teo deu 芥末醬
케찹	ke chap 番茄醬

겨자	gyeo ja 黃色芥末
향신료	hyang sil lyo 香辛料
후춧가루	hu chut kka ru 胡椒粉
고춧가루	go chut kka ru 辣椒粉
참기름	cham gi reum 香油 / 芝麻油
식용유	si gyong nyu 食用油
새우젓	sae u jeot 蝦醬
설탕	seol tang 糖
산초	san cho 花椒
와사비	wa sa bi 哇沙米
깨	kkae 芝麻
꿀	kkul 蜂蜜
드레싱	deu re sing 醬料

相關詞彙：味道

맵다	maep tta 辣
달다	dal tta 甜
짜다	jja da 鹹
쓰다	sseu da 苦

시다	si da 酸
싱겁다	sing geop tta 清淡
담백하다	dam bae ka da 清淡
신선하다	sin seon ha da 新鮮
느끼하다	neu kki ha da 油膩
비리다	bi ri da 腥
떫다	tteop tta 澀的
순하다	sun ha da 順口的
개운하다	gae un ha da 開胃
시원하다	si won ha da 爽口
딱딱하다	ttak tta ka da 硬
부드럽다	bu deu reop tta 軟
바삭바삭하다	ba sak ppa sa ka da 酥脆
쫄깃쫄깃하다	jjol git jjol gi ta da 有韌性

相關例句

오이를 곱게 채 써세요 .

o i reul gop kke chae sseo se yo

請把小黃瓜切成細絲。

이 요리는 무슨 조미료를 넣어야 합니까 ?

i yo ri neun mu seun jo mi ryo reul neo eo ya ham ni kka

這道菜要放什麼調味料 ?

매운탕은 좀 맵지만 맛있습니다 .

mae un tang eun jom maep jji man ma sit sseum ni da

辣魚湯雖然有點辣，但很好吃。

보기만 해도 군침이 돕니다 .

bo gi man hae do gun chi mi dom ni da

光是看就要流口水了。

相關詞彙：料理用具

냄비	naem bi 鍋子
프라이팬	peu ra i paen 平底鍋
찜통	jjim tong 蒸鍋
뚝배기	ttuk ppae gi 砂鍋
밥솥	bap ssot 飯鍋
주걱	ju geok 飯勺
식칼	sik kal 菜刀

도마	do ma	砧板
뚜껑	ttu kkeong	鍋蓋
주전자	ju jeon ja	水壺
컵	keop	杯子
거품기	geo pum gi	打蛋器
병따개	byeong tta gae	開瓶器
수세미	su se mi	菜瓜布
통조림따개	tong jo rim tta gae	罐頭起子
철수세미	cheol su se mi	鐵刷
호일	ho il	鋁箔紙
랩	raep	保鮮膜
고무장갑	go mu jang gap	橡皮手套
클린저	keul lin jeo	清潔劑
식기	sik kki	餐具
밥공기	bap kkong gi	飯碗
접시	jeop ssi	盤子
행주	haeng ju	抹布

相關詞彙：家用電器

韓文	羅馬拼音	中文
텔레비전	tel le bi jeon	電視機
냉장고	naeng jang go	電冰箱
에어컨	e eo keon	冷氣
선풍기	seon pung gi	電扇
세탁기	se tak kki	洗衣機
전화기	jeon hwa gi	電話
전기밥통	jeon gi bap tong	電飯鍋
전자 레인지	jeon ja re in ji	微波爐
가스레인지	ga seu re in ji	瓦斯爐
오븐	o beun	烤箱
가습기	ga seup kki	加濕器
건조기	geon jo gi	烘乾機
전기난로	jeon gi nal lo	電暖爐
다리미	da ri mi	熨斗
믹서기	mik sseo gi	攪拌機
토스트기	to seu teu gi	烤麵包機
온수기	on su gi	熱水器

| 전등 | jeon deung 電燈 |
| 히터 | hi teo 暖氣機 |

相關例句

드라이어가 고장난 것 같습니다 .

deu ra i eo ga go jang nan geot gat sseum ni da

吹風機好像故障了。

에어컨은 어떻게 사용해야 하나요 ?

e eo keo neun eo tteo ke sa yong hae ya ha na yo

冷氣要如何使用？

一家事

청소하다	cheong so ha da [動]打掃

例句：

오늘 집에서 청소합시다 .

o neul jji be seo cheong so hap ssi da

我們今天在家裡打掃吧。

빨래하다	ppal lae ha da [動]洗衣服

相關：

빨래를 널다

ppal lae reul neol da　　　　　　　　　　　　　　晾衣服

빨래를 걷다

ppal lae reul kkeot tta　　　　　　　　　　　　　　收衣服

세탁하다	se ta ka da [動]洗衣服

다림질하다	da rim jil ha da [動]熨（衣服）

例句：

이 와이셔츠는 다림질해야겠어요 .

i wa i syeo cheu neun da rim jil hae ya ge sseo yo

這件白襯衫該熨燙了。

| 설거지 | seol geo ji
[名] 洗碗 |

例句：

설거지 좀 도와줘요 .

seol geo ji jom do wa jwo yo

幫我洗碗。

| 옷을 다리다 | o seul tta ri da
[詞組] 燙衣服 |

| 마루를 닦다 | ma ru reul ttak tta
[詞組] 擦地板 |

| 방을 치우다 | bang eul chi u da
[詞組] 收拾房間 |

例句：

방 좀 치워 주세요 .

bang jom chi wo ju se yo

請收拾房間。

바닥을 쓸다	ba da geul sseul tta [詞組] 掃地
책상을 닦다	chaek ssang eul ttak tta [詞組] 擦桌子
쓰레기를 버리다	sseu re gi reul ppeo ri da [詞組] 丟垃圾

例句：

여기 쓰레기 버리지 마세요 .

yeo gi sseu re gi beo ri ji ma se yo

請不要在這裡丟垃圾。

청소기	cheong so gi [名] 吸塵器

相關：

빗자루
bit jja ru 掃把

쓰레받기
sseu re bat kki 畚箕

걸레
geol le 抹布

대걸레
dae geol le 拖把

양동이
yang dong i 水桶

솔
sol 刷子

쓰레기봉투
sseu re gi bong tu 垃圾袋

相關詞彙：家庭配備

전기 jeon gi 電

가스 ga seu 瓦斯

수도 su do 自來水

광열비 gwang yeol bi 電費

냉수 naeng su 冷水

온수 on su 熱水 / 溫水

相關詞彙：房屋格局

거실	geo sil 客廳
옥실	yok ssil 浴室
방	bang 房間
부엌	bu eok 廚房
침실	chim sil 寢室
서재	seo jae 書房
어린이방	eo ri ni bang 兒童房
다락방	da rak ppang 閣樓
베란다	be ran da 陽臺
일층	il cheung 一樓
이층	i cheung 二樓
아래층	a rae cheung 樓下
차고	cha go 車庫
화장실	hwa jang sil 廁所
마당	ma dang 庭院
개집	gae jip 狗屋
대문	dae mun 大門

현관	hyeon gwan 玄關
복도	bok tto 走廊
계단	gye dan 樓梯
천장	cheon jang 天花板
기둥	gi dung 柱子
창문	chang mun 窗戶

一清潔 / 洗澡

샤워하다
sya wo ha da
[動] 淋浴

相關 :

샤워기
sya wo gi ——————————— 蓮蓬頭

샤워캡
sya wo kaep ——————————— 浴帽

변기
byeon gi
[名] 馬桶

例句 :

화장실 변기가 막힌 것 같습니다 .

hwa jang sil byeon gi ga ma kin geot gat sseum ni da

廁所的馬桶好像堵塞了。

목욕하다
mo gyo ka da
[動] 洗澡

相關 :

옥조
yok jjo 浴缸

목욕타월
mo gyok ta wol 浴巾

바디 크린져
ba di keu rin jeo 沐浴乳

비누
bi nu 肥皂

때수건
ttae su geon 洗澡毛巾

| 머리를 감다 | meo ri reul kkam da [詞組] 洗頭 |

相關：

샴푸
syam pu 洗髮精

린스
rin seu 護髮素

컨디셔너
keon di syeo neo 潤髮乳

헤어드라이기
he eo deu ra i gi 吹風機

세수하다
se su ha da
[動] 洗臉

相關：

얼굴을 씻다
eol gu reul ssit tta   洗臉

클렌징 오일
keul len jing o il   卸妝油

훼이셜 클렌저
hwe i syeol keul len jeo   洗面乳

타월
ta wol   毛巾

면도하다
myeon do ha da
[動] 刮鬍子

相關：

수염을 깎다
su yeo meul kkak tta   刮鬍子

면도 칼
myeon do kal   刮鬍刀

전기면도기
jeon gi myeon do gi   電動刮鬍刀

면도 로션

myeon do ro syeon _____ 刮鬍乳

이를 닦다

i reul ttak tta
[詞組] 刷牙

相關：

치약

chi yak _____ 牙膏

칫솔

chit ssol _____ 牙刷

구강 청정제

gu gang cheong jeong je _____ 口腔清潔劑

세면대

se myeon dae
[名] 洗手台

相關：

휴지

hyu ji _____ 衛生紙

수도꼭지

su do kkok jji _____ 水龍頭

相關詞彙：家具

가구	ga gu 家具
침대	chim dae 床
책상	chaek ssang 書桌
의자	ui ja 椅子
옷장	ot jjang 衣櫃
책꽂이	chaek kko ji 書架
식탁	sik tak 餐桌
화장대	hwa jang dae 梳妝台
소파	so pa 沙發
서랍	seo rap 抽屜
찬장	chan jang 碗櫥
벽장	byeok jjang 壁櫥
거울	geo ul 鏡子
블라인드	beul la in deu 百葉窗
신발장	sin bal jjang 鞋櫃
장식장	jang sik jjang 裝飾櫃

看電視

| 텔레비전을 보다 | tel le bi jeo neul ppo da
[詞組] 看電視 |

相關：

리모컨
ri mo keon — 遙控器

채널
chae neol — 電視頻道

광고
gwang go — 廣告

| 프로그램 | peu ro geu raem
[名] 節目 |

相關：

경제 프로그램
gyeong je peu ro geu raem — 財經節目

여행 프로그램
yeo haeng peu ro geu raem — 旅遊節目

요리 프로그램
yo ri peu ro geu raem — 美食節目

아동 프로그램

a dong peu ro geu raem　　　　　　　兒童節目

오락 프로그램

o rak peu ro geu raem　　　　　　　　娛樂節目

스포츠 프로그램

seu po cheu peu ro geu raem　　　　體育節目

쇼핑 프로그램

syo ping peu ro geu raem　　　　　　購物節目

드라마
deu ra ma
[名] 連續劇

相關：

한국 드라마

han guk deu ra ma　　　　　　　　　韓國連續劇

일본 드라마

il bon deu ra ma　　　　　　　　　　日本連續劇

대만 드라마

dae man deu ra ma　　　　　　　　　台灣連續劇

뉴스
nyu seu
[名] 新聞

相關：

아침뉴스
a chim nyu seu   晨間新聞

정오뉴스
jeong o nyu seu   午間新聞

저녁뉴스
jeo nyeong nyu seu   晚間新聞

긴급속보
gin geup ssok ppo   緊急快報

방송하다
bang song ha da
[動] 播放

相關：

방송국
bang song guk   電視台

생방송
saeng bang song   現場直播

재방송
jae bang song   重播

방송중
bang song jung   播放中

뉴스앵커	nyu seu aeng keo [名]新聞主播
리포터	ri po teo [名]電視記者
시청률	si cheong nyul [名]收視率
시청자	si cheong ja [名]觀眾
황금 시간대	hwang geum si gan dae [名]黃金時段

例句：

황금 시간대는 저녁 7 시부터 9 시까지입니다 .

hwang geum si gan dae neun jeo nyeok il gop ssi
bu teo a hop ssi kka ji im ni da

黃金時段是從晚上 7 點到晚上 9 點。

相關詞彙：節目種類

토크쇼 to keu syo   脫口秀

시트콤	si teu kom	喜劇節目
사극	sa geuk	歷史劇
만화 영화	man hwa yeong hwa	卡通影片
스포츠 경기	seu po cheu gyeong gi	體育競賽
외화 시리즈	oe hwa si ri jeu	外國影集
노래자랑	no rae ja rang	歌唱節目
장기 자랑	jang gi ja rang	才藝秀
다큐멘터리	da kyu men teo ri	紀錄片

相關例句

이 드라마는 많은 시청자들의 사랑을 받았습니다 .
i deu ra ma neun ma neun si cheong ja deu rui sa
rang eul ppa dat sseum ni da
這部連續劇得到許多觀眾的喜愛。

지금은 일기 예보를 방송하고 있습니다 .
ji geu meun il gi ye bo reul ppang song ha go it
sseum ni da
現在正在播氣象預報。

一上網

컴퓨터	keom pyu teo [名]電腦

相關：

피시
pi si — 個人用電腦

데스크톱
de seu keu top — 桌上型電腦

노트북
no teu buk — 筆記型電腦

인터넷	in teo net [名]網路

相關：

인터넷 뱅킹
in teo net baeng king — 網路銀行

인터넷 쇼핑
in teo net syo ping — 網路購物

전자상거래
jeon ja sang geo rae — 電子商務

인터넷에 접속하다	in teo ne se jeop sso ka da [詞組] 上網

相關:

서버

seo beo　　　　　　　　　　　　　　　　服務器

웹브라우저

wep ppeu ra u jeo　　　　　　　　　　　瀏覽器

웹사이트	wep ssa i teu [名] 網站

相關:

야후

ya hu　　　　　　　　　　　　　　　　　雅虎

홈페이지

hom pe i ji　　　　　　　　　　　　　　主頁

홈페이지 주소

hom pe i ji ju so　　　　　　　　　　　網址

포털사이트

po teol sa i teu　　　　　　　　　　　門戶網站

관련 링크

gwal lyeon ring keu　　　　　　　　　相關連結

검색하다
geom sae ka da
[動]搜索

相關:

검색사이트

geom saek ssa i teu _____ 搜索網站

인기검색어

in gi geom sae geo _____ 熱門關鍵詞

정보 검색

jeong bo geom saek _____ 情報搜索

검색 엔진

geom saek en jin _____ 搜索引擎

회원 가입하다
hoe won ga i pa da
[詞組]註冊會員

相關:

로그인

ro geu in _____ 登入

로그아웃

ro geu a ut _____ 登出

ID

id _____ 帳號

비밀번호
bi mil beon ho   密碼

| 채팅하다 | chae ting ha da
[動] 聊天 |

相關：

채팅방
chae ting bang   聊天室
화상채팅
hwa sang chae ting   視訊聊天
음성채팅
eum seong chae ting   語音聊天
소개팅 사이트
so gae ting sa i teu   交友網站

| 블로그 | beul lo geu
[名] 部落格 |

| 페이스북 | pe i seu buk
[名] 臉書（Facebook） |

다운로드	da ul lo deu [名] 下載
업로드	eom no deu [名] 上傳
즐겨찾기	jeul kkyeo chat kki [名] 我的最愛
개인 정보	gae in jeong bo [名] 個人資訊
PC 방	PC bang [名] 網咖

例句：

오빠가 매일 PC 방에 가서 온라인 게임을 합니다 .

o ppa ga mae il PC bang e ga seo ol la in ge i

meul ham ni da

哥哥每天去網咖玩網路遊戲。

이메일을 체크하다	i me i reul che keu ha da [詞組] 查看電子郵件

相關：

받은 편지함

ba deun pyeon ji ham 　　　　　　　　　　收件匣

보낸 편지함

bo naen pyeon ji ham 　　　　　　　　　寄件備份匣

스팸메일

seu paem me il 　　　　　　　　　　　　垃圾郵件

답메일

dam me il 　　　　　　　　　　　　　　回覆信件

첨부 파일

cheom bu pa il 　　　　　　　　　　　　　附件

골뱅이

gol baeng i 　　　　　　　　　　　　小老鼠(@)

相關例句

글꼴을 어떻게 수정하는지 모르겠어요 .

geul kko reul eo tteo ke su jeong ha neun ji mo

reu ge sseo yo

我不知道怎麼修正字型。

제가 보낸 이메일을 받았어요 ?

je ga bo naen i me i reul ppa da sseo yo

我寄的電子郵件收到了嗎 ?

컴퓨터에 대해서 잘 아세요 ?

keom pyu teo e dae hae seo jal a se yo

你對電腦很了解嗎 ?

홈페이지 만들 줄 아세요 ?

hom pe i ji man deul jjul a se yo

你會製作網頁嗎 ?

相關詞彙：電腦周邊

모니터	mo ni teo **螢幕**
키보드	ki bo deu **鍵盤**
마우스	ma u seu **滑鼠**
스피커	seu pi keo **喇叭**
스캐너	seu kae neo **掃描機**
프린터	peu rin teo **印表機**
모뎀	mo dem **數據機**
액정스크린	aek jjeong seu keu rin **液晶屏幕**
터치 스크린	teo chi seu keu rin **觸控式屏幕**
하드웨어	ha deu we eo **硬體**
소프트웨어	so peu teu we eo **軟體**

| 하드 디스크 | ha deu di seu keu | 硬碟 |

신규 작성	sin gyu jak sseong	開新檔案
열기	yeol gi	開啟
닫기	dat kki	關閉
메뉴판	me nyu pan	菜單
서식	seo sik	格式
머리글	meo ri geul	頁首
꼬리말	kko ri mal	頁尾
폰트	pon teu	字體
스크롤	seu keu rol	捲軸
도구	do gu	道具
도구상자	do gu sang ja	道具箱
명조체	myeong jo che	宋體
고딕체	go dik che	黑體
반각	ban gak	半形
전각	jeon gak	全形
줄을 바꾸다	ju reul ppa kku da	換行

페이지 설정 pe i ji seol jeong 版面設定

인쇄 범위 in swae beo mwi 列印範圍

인쇄 모양 보기 in swae mo yang bo gi 預覽列印

韓國人天天會用到的
韓語單字

11
Chapter
夜生活

술 한 잔 하시죠 ?

來一杯如何？

──喝酒

술	sul [名] 酒

相關：

술자리
sul ja ri — 喝酒的場合

술고래
sul go rae — 愛喝酒的人

例句：

어떤 술을 좋아하세요 ?
eo tteon su reul jjo a ha se yo
你喜歡喝什麼酒？

술집	sul jip [名] 酒店

相關：

바
ba — 酒吧

취하다

chwi ha da
[動] 醉

應用:

술에 취하다

su re chwi ha da 　　　　　　　　　　酒醉

음주

eum ju
[名] 飲酒

相關:

음주 운전

eum ju un jeon 　　　　　　　　　　酒駕

음주 검사

eum ju geom sa 　　　　　　　　　　酒測

알코올

al ko ol
[名] 酒精

例句:

알코올이 없는 음료가 있나요?

al ko o ri eom neun eum nyo ga in na yo

有無酒精的飲料嗎?

안주

an ju
[名] 下酒菜

例句:

안주는 무엇이 있습니까 ?

an ju neun mu eo si it sseum ni kka

有什麼下酒菜？

건배하다

geon bae ha da
[動] 乾杯

例句:

자 , 모두들 건배합시다 .

ja mo du deul kkeon bae hap ssi da

來，大家一起乾杯。

술을 마시다

su reul ma si da
[詞組] 喝酒

例句:

술을 좀 마셨어요 .

su reul jjom ma syeo sseo yo

我喝了點酒。

술을 못하다

su reul mo ta da

[詞組] 不會喝酒／不勝酒力

例句：

저는 술을 별로 못합니다 .

jeo neun su reul ppyeol lo mo tam ni da

我不太會喝酒。

相關例句

우리의 승리를 위하여 !

u ri ui seung ni reul wi ha yeo

為了我們的勝利乾杯！

맥주 두 잔 주세요 .

maek jju du jan ju se yo

請給我兩杯啤酒。

소주 한 병 더 주세요 .

so ju han byeong deo ju se yo

請再給我一瓶燒酒。

다른 곳으로 가서 더 마실까요?

da reun go seu ro ga seo deo ma sil kka yo

要不要再去其他地方喝？

相關詞彙：酒類

맥주	maek jju	啤酒
소주	so ju	燒酒
와인	wa in	紅酒
생맥주	saeng maek jju	生啤酒
위스키	wi seu ki	威士忌
브랜디	beu raen di	白蘭地
양주	yang ju	洋酒
화이트와인	hwa i teu wa in	白酒
샴페인	syam pe in	香檳
칵테일	kak te il	雞尾酒
과실주	gwa sil ju	水果酒
막걸리	mak kkeol li	米酒
청주	cheong ju	清酒
흑맥주	heung maek jju	黑啤酒

보드카	bo deu ka 伏特加
가오량주	ga o ryang ju 高粱酒
탁주	tak jju 濁酒 / 米酒
매실주	mae sil ju 梅酒
진	jin 琴酒
인삼주	in sam ju 人蔘酒
정종	jeong jong 日本清酒

Track 241

노래방	no rae bang [名]練歌房／KTV

例句：

우리 노래방 가자!

u ri no rae bang ga ja

我們去唱歌吧！

노래	no rae [名]歌曲

相關：

일본노래

il bon no rae ——————————————— 日本歌

한국노래

han gung no rae ——————————————— 韓語歌

영어노래

yeong eo no rae ——————————————— 英語歌

중국노래

jung gung no rae ——————————————— 中文歌

| 노래를 부르다 | no rae reul ppu reu da
[詞組] 唱歌 |

例句：

내가 먼저 노래를 불러요 .

nae ga meon jeo no rae reul ppul leo yo

我先唱歌。

한국 노래를 부를 줄 알아요 ?

han guk no rae reul ppu reul jjul a ra yo

你會唱韓文歌嗎？

| 음악 | eu mak
[名] 音樂 |

相關：

음악가

eu mak kka   音樂家

| 작곡하다 | jak kko ka da
[動] 作曲 |

相關：

작곡가

jak kkok kka　　　　　　　　　　　　　作曲家

작사하다

jak ssa ha da
[動] 作詞

相關：

작사자

jak ssa ja　　　　　　　　　　　　　作詞家

곡

gok
[名] 曲

相關：

교향곡

gyo hyang gok　　　　　　　　　　　交響曲

협주곡

hyeop jju gok　　　　　　　　　　　協奏曲

행진곡

haeng jin gok　　　　　　　　　　　進行曲

편곡

pyeon gok　　　　　　　　　　　改編歌曲

제목

je mok
[名]歌名

例句：

이 노래 제목이 뭐예요 ?

i no rae je mo gi mwo ye yo

這首歌的歌名是什麼 ?

콘서트

kon seo teu
[名]演唱會

相關：

라이브 콘서트

ra i beu kon seo teu   現場演唱會

앙코르

ang ko reu   (觀眾喊出的)再唱一次 !

리드보컬

ri deu bo keol   主唱

립싱크

rip ssing keu   假唱(對嘴)

팬클럽

paen keul leop   歌迷俱樂部

가수

ga su
[名]歌手

例句：

어떤 가수를 좋아하세요 ?

eo tteon ga su reul jjo a ha se yo

你喜歡什麼樣的歌手呢？

가라오케

ga ra o ke
[名]卡拉 OK

음악감상

eu mak kkam sang
[名]聽音樂

例句：

제 취미는 음악감상입니다 .

je chwi mi neun eu mak gam sang im ni da

我的興趣是聽音樂。

음반

eum ban
[名]唱片

例句：

그 가수의 새 음반을 샀어요 .

geu ga su ui sae eum ba neul ssa sseo yo

買了那歌手的新唱片。

相關詞彙：歌曲相關

가사	ga sa 歌詞
연주회	yeon ju hoe 演奏會
신곡	sin gok 新歌
옛날 곡	yen nal kkok 老歌
민요	mi nyo 民謠
동요	dong yo 童謠
유행가	yu haeng ga 流行樂
팝송	pap ssong 流行歌曲
합창	hap chang 合唱
밴드	baen deu 樂團
그룹	geu rup 組合
반주	ban ju 伴奏
악대	ak ttae 樂隊
고전 음악	go jeon eu mak 古典音樂

클래식   keul lae sik 古典音樂

相關例句

제일 잘 하는 노래는 뭐예요 ?

je il jal ha neun no rae neun mwo ye yo

你最會唱的歌是什麼？

전 한국노래를 잘 모르거든요 .

jeon han gung no rae reul jjal mo reu geo deu nyo

我不太知道韓國歌。

한국 노래방 가 본 적 있나요 ?

han guk no rae bang ga bon jeok in na yo

你去過韓國的練歌房嗎？

왜 노래를 안 부르세요 ?

wae no rae reul an bu reu se yo

你為什麼不唱歌呢？

一看電影

영화관	yeong hwa gwan [名] 電影院

例句:

우리는 영화관에 가고 싶어요 .

u ri neun yeong hwa gwa ne ga go si peo yo

我們想去電影院。

영화	yeong hwa [名] 電影

相關:

외국 영화

oe guk yeong hwa   **外國電影**

한국 영화

han guk yeong hwa   **韓國電影**

일본 영화

il bon yeong hwa   **日本電影**

대만 영화

dae man yeong hwa   **台灣電影**

극장
geuk jjang
[名] 劇院

相關：

야외 극장
ya oe geuk jjang　　　　　　　　　　　**露天劇院**

영화 극장
yeong hwa geuk jjang　　　　　　　　　　**電影劇院**

배우
bae u
[名] 演員

例句：

특별히 좋아하는 배우가 있어요 ?
teuk ppyeol hi jo a ha neun bae u ga i sseo yo
你有特別喜歡的演員嗎？

상영시간
sang yeong si gan
[名] 上映時間

例句：

상영시간이 어떻게 되죠 ?
sang yeong si ga ni eo tteo ke doe jyo
上映時間多長？

상영하다

sang yeong ha da
[動] 上映

例句:

요즘 어떤 영화를 상영하고 있습니까 ?

yo jeum eo tteon yeong hwa reul ssang yeong ha
go it sseum ni kka

最近有什麼電影上映？

영화 표

yeong hwa pyo
[名] 電影票

相關:

예매권

ye mae gwon   預售票

당일권

dang il gwon   當日票

조조할인

jo jo ha rin   早場優惠

영화를 보다

yeong hwa reul ppo da
[詞組] 看電影

例句 :

우리 영화 보러 갑시다 .

u ri yeong hwa bo reo gap ssi da

我們一起去看電影吧。

주인공

ju in gong
[名] 主角

例句 :

이 영화의 주인공은 누구인가요 ?

i yeong hwa ui ju in gong eun nu gu in ga yo

這部電影的主角是誰？

相關 :

조연

jo yeon　　　　　　　　　　　　　　　　配角

엑스트라

ek sseu teu ra　　　　　　　　　　　臨時演員

영화감독

yeong hwa gam dok　　　　　　　　電影導演

제작자

je jak jja　　　　　　　　　　　　　　製作人

영화감상

yeong hwa gam sang
[名] 看電影

例句：

제 취미는 영화감상입니다 .

je chwi mi neun yeong hwa gam sang im ni da

我的興趣是看電影。

영화를 촬영하다	yeong hwa reul chwa ryeong ha da [詞組] 拍電影

相關：

연기

yeon gi 演技

대사

dae sa 對白

자막

ja mak 字幕

더빙

deo bing 配音

스크린

seu keu rin 銀幕

영화 제목

yeong hwa je mok
[名] 片名

例句:

이 영화가 제목이 뭐예요?

i yeong hwa ga je mo gi mwo ye yo

這部電影的片名是什麼?

相關詞彙:電影種類

공포 영화	gong po yeong hwa	恐怖電影
전쟁 영화	jeon jaeng yeong hwa	戰爭電影
액션 영화	aek ssyeon yeong hwa	動作電影
멜로 영화	mel lo yeong hwa	愛情電影
애니메이션	ae ni me i syeon	動畫片
판타지 영화	pan ta ji yeong hwa	奇幻電影
무협 영화	mu hyeop yeong hwa	武俠電影
코믹영화	ko mi gyeong hwa	喜劇片
성인영화	seong i nyeong hwa	成人電影
국산영화	guk ssa nyeong hwa	國產電影
흑백영화	heuk ppae gyeong hwa	黑白電影

| 시대극 영화 | si dae geuk yeong hwa | 古裝片 |
| 에스에프 영화 | e seu e peu yeong hwa | 科幻片 |

相關例句

영화 어땠어요 ?

yeong hwa eo ttae sseo yo

電影好看嗎 ?

저는 공포 영화가 좋아요 .

jeo neun gong po yeong hwa ga jo a yo

我喜歡恐怖電影。

영화 표 한 장 얼마입니까 ?

yeong hwa pyo han jang eol ma im ni kka

電影票一張多少錢 ?

──就寢

| 자다 | ja da
[動] 睡覺 |

例句:

잘 자요.

jal jja yo

晚安。

| 주무시다 | ju mu si da
[動] 睡覺(자다的敬語) |

例句:

안녕히 주무십시오.

an nyeong hi ju mu sip ssi o

晚安。(對長輩說)

| 잠들다 | jam deul tta
[動] 睡著 |

例句:

나는 수업 중에 잠들었어요.

na neun su eop jung e jam deu reo sseo yo

我上課的時候睡著了。

낮잠	nat jjam [名] 午覺

應用:

낮잠을 자다

nat jja meul jja da   睡午覺

눕다	nup tta [動] 躺/臥

應用:

침대에 눕다

chim dae e nup tta   躺在床上

잠자리에 들다	jam ja ri e deul tta [詞組] 上床睡覺

相關:

싱글침대
sing geul chim ttae _____ 單人床

더블침대
deo beul chim ttae _____ 雙人床

이층침대
i cheung chim dae _____ 上下鋪

아기침대
a gi chim dae _____ 嬰兒床

이불	i bul [名] 被子

應用：

이불을 깔다
i bu reul kkal tta _____ 鋪棉被

침대 시트	chim dae si teu [名] 床單

相關：

침대커버
chim dae keo beo _____ 床罩

| 베개 | be gae
[名] 枕頭 |

例句:

베개 좀 주시겠어요 ?

be gae jom ju si ge sseo yo

可以給我枕頭嗎 ?

| 담요 | dam nyo
[名] 毛毯 |

相關:

전기담요

jeon gi da myo   電熱毯

相關例句

안녕히 주무셨어요 ?

an nyeong hi ju mu syeo sseo yo

早安。(對長輩説)

잘 잤어요 ?

jal jja sseo yo

早安。

폭 쉬세요.
puk swi se yo
請好好休息。

좋은 꿈 꾸세요.
jo eun kkum kku se yo
祝你有個好夢。

안녕히 주무세요.
an nyeong hi ju mu se yo
晚安。（對長輩）

좀 이따가 잘게요.
jom i tta ga jal kke yo
我待會就睡。

12
Chapter
假日

이번 주말에 뭐 할

거예요 ?

這週末你要做什

麼 ?

─旅遊

여행하다
yeo haeng ha da
[動] 旅行

相關：

관광하다
gwan gwang ha da 觀光

유람하다
yu ram ha da 遊覽

휴가
hyu ga
[名] 休假

相關：

여름 방학
yeo reum bang hak 暑假

겨울 방학
gyeo ul bang hak 寒假

배낭여행
bae nang yeo haeng
[名] 背包旅行

여행사

yeo haeng sa
[名] 旅行社

相關：

여행 일정

yeo haeng il jeong　　　　　　　　　　旅遊行程

반일 투어

ba nil tu eo　　　　　　　　　　　　　半日遊

일일 투어

i ril tu eo　　　　　　　　　　　　　一日遊

출발 시간

chul bal ssi gan　　　　　　　　　　　出發時間

집합 시간

ji pap si gan　　　　　　　　　　　　集合時間

풍경

pung gyeong
[名] 風景

相關：

경치

gyeong chi　　　　　　　　　　　　景色

여행
yeo haeng
[名] 旅行

相關：

해외 여행
hae oe yeo haeng — 海外旅行

국내 여행
gung nae yeo haeng — 國內旅遊

짐
jim
[名] 行李

相關：

슈트케이스
syu teu ke i seu — 手提箱

여행 가방
yeo haeng ga bang — 旅行包

수하물
su ha mul — 手提行李

여행 가이드북
yeo haeng ga i deu buk
[名] 旅遊書

相關：

관광 가이드북

gwan gwang ga i deu buk　　　　　　　旅遊書

팸플릿

paem peul lit　　　　　　　　　　　　小冊子

사진
sa jin
[名] 照片

相關：

앨범

ael beom　　　　　　　　　　　　　　相冊

사진관
sa jin gwan
[名] 照相館

相關：

필름

pil leum　　　　　　　　　　　　　　底片

흑백 필름

heuk ppaek pil leum　　　　　　　　黑白底片

컬러 필름

keol leo pil leum　　　　　　　　　彩色底片

| 사진을 찍다 | sa ji neul jjik tta
[詞組]拍照 |

例句：

실례합니다 . 사진 좀 찍어 주시겠습니까 ?

sil lye ham ni da sa jin jom jji geo ju si get sseum
ni kka

不好意思，你可以幫我拍照嗎？

| 셔터를 누르다 | syeo teo reul nu reu da
[詞組]按快門 |

例句：

이 셔터 버튼을 누르기만 하면 됩니다 .

i syeo teo beo teu neul nu reu gi man ha myeon
doem ni da

只要按下這個快門鍵就可以了。

| 카메라 | ka me ra
[名]相機 |

相關：

디지털 카메라
di ji teol ka me ra — 數位相機

비디오 카메라
bi di o ka me ra — 攝影機

셔터
syeo teo
[名]快門

相關：

렌즈
ren jeu — 鏡頭

플래시
peul lae si — 閃光燈

삼각대
sam gak ttae — 三腳架

유원지
yu won ji
[名]遊樂園

相關：

테마파크
te ma pa keu — 主題樂園

회전목마
hoe jeon mong ma   **旋轉木馬**

롤러코스터
rol leo ko seu teo   **雲霄飛車**

범퍼카
beom peo ka   **碰碰車**

미로
mi ro   迷宮

관람차
gwal lam cha   **摩天輪**

놀이 기구
no ri gi gu
[名] 遊樂設施

例句:

놀이기구 타는 것을 좋아하십니까?
no ri gi gu ta neun geo seul jjo a ha sim ni kka
你喜歡搭乘遊樂設施嗎?

관광지
gwan gwang ji
[名] 觀光地

相關:

명소

myeong so 景點

유적

yu jeok 遺跡

문화 유산

mun hwa yu san 文化遺産

세계 유산

se gye yu san 世界遺産

기념품 가게

gi nyeom pum ga ge
[名] 紀念品店

例句：

친구들에게 줄 기념품을 사고 싶습니다 .

chin gu deu re ge jul gi nyeom pu meul ssa go sip
sseum ni da

我想買送給朋友的紀念品。

기념품

gi nyeom pum
[名] 紀念品

相關：

열쇠 고리
yeol soe go ri | 鑰匙圈

기념 우표
gi nyeom u pyo | 紀念郵票

한복 인형
han bok in hyeong | 韓服娃娃

기념 티셔츠
gi nyeom ti syeo cheu | 紀念Ｔ恤

부채
bu chae | 扇子

특산물

teuk ssan mul
[名] 特產／名產

相關：

고려인삼
go ryeo in sam | 高麗人蔘

김치
gim chi | 泡菜

유자차
yu ja cha | 柚子茶

김
gim | 海苔

相關詞彙：韓國觀光景點

경복궁	gyeong bok kkung	景福宮
창덕궁	chang deok kkung	昌德宮
덕수궁	deok ssu gung	德壽宮
경희궁	gyeong hi gung	慶熙宮
종묘	jong myo	宗廟
청계천	cheong gye cheon	清溪川

북촌 한옥마을
buk chon ha nong ma eul 北村韓屋村

남산골 한옥마을
nam san gol ha nong ma eul 南山谷韓屋村

국립중앙박물관
gung nip jjung ang bang mul gwan 國立中央博物館

서울역사박물관
seo ul lyeok ssa bang mul gwan 首爾歷史博物館

국립고궁박물관
gung nip kko gung bang mul gwan 國立古宮博物館

세종문화회관

se jong mun hwa hoe gwan 世宗文化會館

선유도공원

seo nyu do gong won 仙遊島生態公園

월드컵공원

wol deu keop kkong won 世界杯公園

남산공원 nam san gong won 南山公園

프리마켓 peu ri ma ket 藝術自由市場

서울타워 seo ul ta wo 首爾塔

인사동 in sa dong 仁寺洞

대학로 dae hang no 大學路

명동 성당

myeong dong seong dang 天主教明洞聖堂

청와대 cheong wa dae 青瓦臺

63 빌딩 yuk ssam bil ding 63 大廈

롯데백화점 rot tte bae kwa jeom 樂天百貨公司

롯데월드 rot tte wol deu 樂天世界

한강 han gang 漢江

에버랜드 리조트	e beo raen deu ri jo teu	愛寶樂園
동대문시장	dong dae mun si jang	東大門市場
남대문시장	nam dae mun si jang	南大門市場
압구정	ap kku jeong	狎鷗亭
청담동거리	cheong dam dong geo ri	清潭洞時尚街
설악산	seo rak ssan	雪嶽山
해운대 해수욕장	hae un dae hae su yok jjang	海雲臺海水浴場
석굴암	seok kku ram	石窟庵
판문점	pan mun jeom	板門店
불국사	bul guk ssa	佛國寺
제주도	je ju do	濟州島

相關例句

관광 안내소는 어디에 있나요 ?

gwan gwang an nae so neun eo di e in na yo

觀光諮詢所在哪裡 ?

301

이 도시에서 방문할 만한 관광지를 추천해 주세요 .
i do si e seo bang mun hal man han gwan gwang
ji reul chu cheon hae ju se yo
請推薦這都市值得一去的的觀光地。

가장 좋은 관광지는 어디입니까 ?
ga jang jo eun gwan gwang ji neun eo di im ni kka
最棒的觀光地在哪裡 ?

몇 시에 출발합니까 ?
myeot si e chul bal ham ni kka
幾點出發呢 ?

몇 시에 도착합니까 ?
myeot si e do cha kam ni kka
幾點抵達呢 ?

一展示會 / 表演

전시회	jeon si hoe [名]展示會／展覽

例句：

같이 전시회 보러 갈까요 ?

ga chi jeon si hoe bo reo gal kka yo

一起去看展覽，好嗎 ?

그림 전시회	geu rim jeon si hoe [名]畫展

相關：

인형 전시회

in hyeong jeon si hoe   玩偶展

서예전

seo ye jeon   書法展

사진전

sa jin jeon   攝影展

조각전

jo gak jjeon   雕刻展

도예전

do ye jeon   陶藝展

음악회

eu ma koe
[名] 音樂會

相關：

연주회
yeon ju hoe .... 演奏會

클래식
keul lae sik .... 古典音樂

관현악
gwan hyeo nak .... 管弦樂

교향곡
gyo hyang gok .... 交響樂

독주곡
dok jju gok .... 獨奏曲

지휘자
ji hwi ja .... 指揮

헤비메탈
he bi me tal .... 重金屬樂

연극

yeon geuk
[名] 戲劇

相關：

오페라
o pe ra —————————————————— 歌劇

무용극
mu yong geuk —————————————— 舞蹈劇

전통무용
jeon tong mu yong ————————————— 傳統舞蹈

민속무용
min song mu yong ————————————— 民俗舞蹈

탈춤
tal chum ———————————————————— 假面舞

관객	gwan gaek [名] 觀眾

相關 :

박수하다
bak ssu ha da ————————————————— 鼓掌

무대	mu dae [名] 舞台

相關 :

305

인물
in mul 人物

연출
yeon chul 演出

복장
bok jjang 服裝

스포트라이트
seu po teu ra i teu 聚光燈

입장권
ip jjang gwon
[名] 門票

相關：
무료
mu ryo 免費

어른
eo reun 大人

어린이
eo ri ni 兒童

티켓
ti ket
[名] 票

例句：

티켓은 어디서 삽니까?

ti ke seun eo di seo sam ni kka

票要在哪裡買？

| 공연 | gong yeon
[名]表演 |

例句：

오늘 공연은 무엇입니까?

o neul kkong yeo neun mu eo sim ni kka

今天的表演是什麼？

| 매표소 | mae pyo so
[名]售票處 |

相關：

매표소는 어디에 있습니까?

mae pyo so neun eo di e it sseum ni kka

售票處在哪裡？

| 뮤지컬 | myu ji keol
[名]音樂劇 |

例句：

뮤지컬을 좋아합니까 ?

myu ji keo reul jjo a ham ni kka

你喜歡音樂劇嗎？

좌석	jwa seok [名]座位

例句：

가장 좋은 좌석은 얼마입니까 ?

ga jang jo eun jwa seo geun eol ma im ni kka

最好的位子多少錢？

미술관	mi sul gwan [名]美術館

例句：

이 미술관은 몇 시에 개관합니까 ?

i mi sul gwa neun myeot si e gae gwan ham ni kka

這間美術館幾點開館？

그림	geu rim [名]圖畫

相關：

이 그림을 찍어도 될까요？

i geu ri meul jji geo do doel kka yo

這張圖畫我可以拍照嗎？

| 유화 | yu hwa
［名］油畫 |

相關：

수채화

su chae hwa — 水彩畫

스케치

seu ke chi — 素描

수묵화

su mu kwa — 水墨畫

서양화

seo yang hwa — 西洋畫

국화

gu kwa — 國畫

| 박물관 | bang mul gwan
［名］博物館 |

例句：

가장 유명한 박물관은 어디입니까 ?

ga jang yu myeong han bang mul gwa neun eo di
im ni kka

最有名的博物館在哪 ?

작품	jak pum [名] 作品

例句：

작품에 손 대지 마십시오 .

jak pu me son dae ji ma sip ssi o

請勿用手觸摸作品。

예약하다	ye ya ka da [動] 預約

例句：

자리를 예약하고 싶습니다 .

ja ri reul ye ya ka go sip sseum ni da

我想訂位。

| 표 | pyo
[名]票 |

例句:

표는 어디서 삽니까?

pyo neun eo di seo sam ni kka

在哪裡買票？

| 서커스 | seo keo seu
[名]馬戲團 |

| 스포츠 경기 | seu po cheu gyeong gi
[名]體育競賽 |

| 연예 활동 | yeo nye hwal dong
[名]表演活動 |

相關例句

함께 미술 전시회에 보러 갑시다.

ham kke mi sul jeon si hoe e bo reo gap ssi da

一起去看美術展吧。

이건 누구 작품입니까?
i geon nu gu jak pu mim ni kka
這是誰的作品?

할인 티켓은 있나요?
ha rin ti ke seun in na yo
有打折票嗎?

어른 둘과 아이 하나요.
eo reun dul gwa a i ha na yo
兩個大人一個小孩。

어디서 난타 공연을 볼 수 있어요?
eo di seo nan ta gong yeo neul ppol su i sseo yo
哪裡可以欣賞亂打表演?

相關詞彙：換錢

환전소	hwan jeon so 換錢所
은행	eun haeng 銀行
환전	hwan jeon 換錢
여행자 수표	yeo haeng ja su pyo 旅行支票
현금	hyeon geum 現金

잔돈   jan don 零錢

외환   oe hwan 外幣

환율   hwa nyul 匯率

한화   han hwa 韓幣

달러   dal leo 美金

엔화   en hwa 日幣

대만돈   dae man don 台幣

인민폐   in min pye 人民幣

動物園

| 동물 | dong mul
[名] 動物 |

相關：

초식 동물
cho sik dong mul　　　　　　　　　　　**草食動物**

육식 동물
yuk ssik dong mul　　　　　　　　　　　**肉食動物**

| 동물원 | dong mu rwon
[名] 動物園 |

例句：

동물원에 갑시다 .
dong mu rwo ne gap ssi da
一起去動物園吧。

| 수족관 | su jok kkwan
[名] 水族館 |

相關：

314

담수어
dam su eo
淡水魚

해수어
hae su eo
海水魚

심해어
sim hae eo
深海魚

새	sae [名]鳥

相關：

부리
bu ri
喙

보금자리
bo geum ja ri
巢穴

날개
nal kkae
翅膀

깃털
git teol
羽毛

뱀	baem [名]蛇

벌레

beol le
[名] 蟲

相關:

곤충
gon chung —————————————— 昆蟲

유충
yu chung —————————————— 幼蟲

성충
seong chung —————————————— 成蟲

털

teol
[名] 毛

뿔

ppul
[名] 角

껍데기

kkeop tte gi
[名] 外殼

털가죽

teol ga juk
[名] 毛皮

相關詞彙：動物

개	gae 狗
고양이	go yang i 貓
기린	gi rin 長頸鹿
늑대	neuk ttae 狼
곰	gom 熊
다람쥐	da ram jwi 松鼠
사자	sa ja 獅子
양	yang 羊
소	so 牛
여우	yeo u 狐狸
코끼리	ko kki ri 大象
말	mal 馬
토끼	to kki 兔子
원숭이	won sung i 猴子
쥐	jwi 老鼠
하마	ha ma 河馬
염소	yeom so 山羊

팬더	paen deo	熊貓
캥거루	kaeng geo ru	袋鼠
호랑이	ho rang i	老虎
해마	hae ma	海馬
코알라	ko al la	無尾熊
코뿔소	ko ppul so	犀牛
치타	chi ta	豹
사슴	sa seum	鹿
돼지	dwae ji	豬
낙타	nak ta	駱駝
고릴라	go ril la	大猩猩

相關例句

지금 동물원은 개장하고 있습니까 ?
ji geum dong mu rwo neun gae jang ha go it
sseum ni kka
現在動物園還有開嗎 ?

저기 기린이 있네요 .
jeo gi gi ri ni in ne yo
那裡有長頸鹿耶 !

相關詞彙：鳥類

앵무새	aeng mu sae	鸚鵡
참새	cham sae	麻雀
까마귀	kka ma gwi	烏鴉
제비	je bi	燕子
독수리	dok ssu ri	老鷹
고니	go ni	天鵝
기러기	gi reo gi	雁
딱따구리	ttak tta gu ri	啄木鳥
매	mae	鷹
비둘기	bi dul gi	鴿子
부엉이	bu eong i	貓頭鷹
백로	baeng no	白鷺鷥
갈매기	gal mae kki	海鷗
구관조	gu gwan jo	九官鳥
학	hak	鶴
공작	gong jak	孔雀
타조	ta jo	鴕鳥

相關例句

코끼리는 어디 있어요 ?

ko kki ri neun eo di i sseo yo

大象在哪裡？

그 곰은 나에게 등을 돌렸어요 .

geu go meun na e ge deung eul ttol lyeo sseo yo

那隻熊背對著我。

一植物園

식물원	sing mu rwon [名] 植物園

식물	sing mul [名] 植物

相關:

일년생 식물
il lyeon saeng sing mul — 一年生植物
다년생 식물
da nyeon saeng sing mul — 多年生植物

나무	na mu [名] 樹木

應用:

나무를 심다
na mu reul ssim da — 種樹
나무를 베다
na mu reul ppe da — 砍樹

풀

pul
[名] 草

相關:

잡초
jap cho — 雜草

꽃

kkot
[名] 花

相關:

꽃잎
kkon nip — 花瓣

꽃다발
kkot tta bal — 花束

꽃이 피다

kko chi pi da
[詞組] 開花

꽃이 지다

kko chi ji da
[詞組] 花謝

화병	hwa byeong [名]花瓶

相關：

화분

hwa bun   花盆

화단

hwa dan   花壇

비료	bi ryo [名]肥料

應用：

비료를 주다

bi ryo reul jju da   施肥

삽	sap [名]鏟子

相關詞彙：花卉

국화	gu kwa 菊花
매화	mae hwa 梅花
진달래	jin dal lae 杜鵑花

모란	mo ran 牡丹
벚꽃	beot kkot 櫻花
튤립	tyul lip 郁金香
민들레	min deul le 蒲公英
장미	jang mi 玫瑰
선인장	seo nin jang 仙人掌
백합	bae kap 百合
개살구	gae sal kku 野杏
재스민	jae seu min 茉莉花
안개꽃	an gae kkot 滿天星
팬지	paen ji 三色菫
연꽃	yeon kkot 蓮花
난	nan 蘭

相關詞彙：樹木

살구나무	sal kku na mu 杏樹
벚나무	beon na mu 櫻花樹
은행나무	eun haeng na mu 銀杏樹
버드나무	beo deu na mu 柳樹

포플러	po peul leo 白楊樹
소나무	so na mu 松樹
사철나무	sa cheol la mu 冬青木
백송	baek ssong 白松
대추나무	dae chu na mu 紅棗樹
매화나무	mae hwa na mu 梅花樹
침엽수	chi myeop ssu 針葉樹
활엽수	hwa ryeop ssu 闊葉樹
박달나무	bak ttal la mu 檀木
소철	so cheol 蘇鐵
자두나무	ja du na mu 李子樹
배나무	bae na mu 梨樹

| 캠프 | kaem peu
[名]露營 |

相關：

바비큐
ba bi kyu ——————————— 烤肉

소풍
so pung ——————————— 郊遊

피크닉
pi keu nik ——————————— 野餐

| 벚꽃맞이 | beot kkon ma ji
[名]賞櫻花 |

相關：

달맞이
dal ma ji ——————————— 賞月

단풍맞이
dan pung ma ji ——————————— 賞楓葉

| 낙하산 | na ka san
[名]降落傘跳傘 |

相關：

번지 점프

beon ji jeom peu   高空彈跳

글라이더

geul la i deo   滑翔機

열기구

yeol gi gu   熱氣球

행글라이더

haeng geul la i deo   滑翔翼

낚시	nak ssi [名] 釣魚

例句：

아버지가 바닷가에서 낚시를 합니다 .

a beo ji ga ba dat kka e seo nak ssi reul ham ni da

爸爸在海邊釣魚。

요트	yo teu [名] 快艇

相關：

카누
ka nu　　　　　　　　　　　　　　　　獨木舟

뱃놀이
baen no ri　　　　　　　　　　　　　　划船

제트 스키
je teu seu ki　　　　　　　　　　　水上摩托車

물놀이	mul lo ri [名]玩水

相關：

다이빙
da i bing　　　　　　　　　　　　　　跳水

스쿠버 다이빙
seu ku beo da i bing　　　　　　　　潛水

파도타기
pa do ta gi　　　　　　　　　　　　　沖浪

해수욕장	hae su yok jjang [名]海水浴場

例句：

이번 일요일에 해수욕장에 갈까요 ?

i beon i ryo i re hae su yok jjang e gal kka yo

這星期日要不要去海水浴場？

연을 날리다
yeo neul nal li da
[詞組] 放風箏

相關 :

팽이를 돌리다

paeng i reul ttol li da   玩陀螺

철봉을 하다

cheol bong eul ha da   玩單槓

원반을 던지다

won ba neul tteon ji da   丟飛盤

줄넘기하다
jul leom gi ha da
[動] 跳繩

相關 :

줄다리기

jul da ri gi   拔河

미끄럼틀

mi kkeu reom teul   溜滑梯

329

숨바꼭질

sum ba kkok jjil　　　　　　　　　　　躲貓貓

눈싸움하다	nun ssa um ha da [動] 打雪戰

例句：

아이들이 눈싸움을 하다가 넘어졌어요 .

a i deu ri nun ssa u meul ha da ga neo meo jeo

sseo yo

小孩子們打雪戰時跌倒了。

춤을 추다	chu meul chu da [詞組] 跳舞

例句：

그녀는 춤을 잘 춥니다 .

geu nyeo neun chu meul jjal chum ni da

她跳舞跳得很好。

相關詞彙：舞蹈

재즈 댄스　　　　　　　　　jae jeu daen seu 爵士舞

디스코　　　　　　　　　　　di seu ko 迪斯科

사교 댄스	sa gyo daen seu 社交舞
발레	bal le 芭蕾舞
탱고	taeng go 探戈
삼바	sam ba 桑巴舞
블루스	beul lu seu 布魯斯舞
차차차	cha cha cha 恰恰舞
댄스 파트너	daen seu pa teu neo 舞伴
힙합	hi pap 嘻哈
스트리트 댄스	seu teu ri teu daen seu 街舞
모던 댄스	mo deon daen seu 現代舞
라틴 댄스	ra tin daen seu 拉丁舞
탭댄스	taep ttaen seu 踢踏舞

Track 302

카드 게임	ka deu ge im [名] 紙牌遊戲

相關：

우노

u no ———————————————— UNO 牌

화투

hwa tu ———————————————— 韓國花牌

브리지

beu ri ji ———————————————— 橋牌

포커	po keo [名] 撲克牌

相關：

클럽

keul leop ———————————————— (撲克) 梅花

다이아

da i a ———————————————— (撲克) 方塊

하트

ha teu ———————————————— (撲克) 紅心

스페이드

seu pe i deu   (撲克) 黑桃

바둑을 두다
ba du geul ttu da
[詞組] 下圍棋

相關 :

장기를 두다

jang gi reul ttu da   下象棋

서양장기를 두다

seo yang jang gi reul ttu da   下西洋棋

종이접기
jong i jeop kki
[名] 摺紙

相關 :

나무블럭 쌓기

na mu beul leok ssa ki   堆積木

인형 뽑기

in hyeong ppop kki   夾娃娃

퍼즐
peo jeul
[名] 拼圖

例句：

저는 심심하면 퍼즐을 합니다 .

jeo neun sim sim ha myeon peo jeu reul ham ni da

我無聊的話，就會拼拼圖。

장난감	jang nan gam [名] 玩具

相關：

플라스틱 모델

peul la seu tik mo del   塑膠模型

무선 조종차

mu seon jo jong cha   遙控玩具車

로봇

ro bot   機器人

미니카

mi ni ka   迷你車

풍차

pung cha   玩具風車

인형	in hyeong [名] 娃娃

봉제 인형

bong je in hyeong 布娃娃

노름
no reum
[名] 賭博

노름꾼

no reum kkun 賭徒

노름빚

no reum bit 賭債

노름빚을 갚다

no reum bi jeul kkap tta 還賭債

相關詞彙：賭場

카지노	ka ji no	賭場
마작	ma jak	麻將
경마	gyeong ma	賽馬
파칭코	pa ching ko	柏青哥
주사위 놀이	ju sa wi no ri	擲骰子遊戲
복권	bok kkwon	彩券

판돈	pan don 賭注
로또	ro tto 樂透（lodo）
슬롯 머신	seul lot meo sin 老虎機
스크래치 카드	seu keu rae chi ka deu 刮刮卡
경정	gyeong jeong（賭）競艇
경륜	gyeong nyun（賭）自行車競賽
자동차 경주	ja dong cha gyeong ju（賭）賽車

相關例句

할 일이 없으면 우린 장기 한 판 둡시다 .

hal i ri eop sseu myeon u rin jang gi han pan dup ssi da

如果沒什麼事，我們來玩一局象棋吧！

복권이 당첨되었습니다 .

bok kkwo ni dang cheom doe eot sseum ni da

彩券中獎了。

서울 시내에 카지노가 있습니까 ?

seo ul si nae e ka ji no ga it sseum ni kka

首爾市區有賭場嗎？

一坐火車

기차역

gi cha yeok
[名] 火車站

例句：

기차역이 어디에 있는지 말씀해 주시겠습니까 ?

gi cha yeo gi eo di e in neun ji mal sseum hae ju
si get sseum ni kka

可以告訴我火車站在哪裡嗎 ?

매표소

mae pyo so
[名] 售票處

例句：

매표소는 어디 있어요 ?

mae pyo so neun eo di i sseo yo

售票處在哪裡 ?

매표원

mae pyo won
[名] 售票員

相關：

기관사
gi gwan sa _____ 火車司機

차장
cha jang _____ 車長

역무원
yeong mu won _____ 站務員

승무원
seung mu won _____ 服務人員

열차

yeol cha
[名] 列車

相關:

특급
teuk kkeup _____ 特快

쾌속
kwae sok _____ 快車

급행
geu paeng _____ 普快

완행
wan haeng _____ 慢車

왕복표

wang bok pyo
[名] 來回票

例句：

경주 왕복표 한 장 주세요 .

gyeong ju wang bok pyo han jang ju se yo

請給我一張去慶州的來回票。

편도표

pyeon do pyo
[名] 單程票

例句：

부산에 가는 편도표는 얼마죠 ?

bu sa ne ga neun pyeon do pyo neun eol ma jyo

去釜山的單程票多少錢？

기차

gi cha
[名] 火車

例句：

서울행 기차 있습니까 ?

seo ul haeng gi cha it sseum ni kka

有開往首爾的列車嗎？

서울행 기차	seo ul haeng gi cha [名] 開往首爾的火車

相關：

대구행 기차
dae gu haeng gi cha　　　　　　　開往大邱的火車

경주행 기차
gyeong ju haeng gi cha　　　　　　開往慶州的火車

플랫폼	peul laet pom [名] 月台

철도	cheol do [名] 鐵路

相關：

레일
re il　　　　　　　　　　　　　　鐵軌

궤도
gwe do　　　　　　　　　　　　　軌道

터널
teo neol　　　　　　　　　　　　　隧道

건널목

geon neol mok　　　　　　　　　　　　平交道

시각표

si gak pyo
[名] 時刻表

相關:

첫차

cheot cha　　　　　　　　　　　　　首班車

막차

mak cha　　　　　　　　　　　　　末班車

밤차

bam cha　　　　　　　　　　　　　夜間車

임시 열차

im si yeol cha　　　　　　　　　　加班火車

相關例句

부산 가는 표 두장 주세요 .

bu san ga neun pyo du jang ju se yo

給我兩張去釜山的票。

부산행 열차의 홈이 맞습니까 ?

bu san haeng yeol cha ui ho mi mat sseum ni kka

這是開往釜山的列車月台嗎 ?

대구까지 얼마입니까?

dae gu kka ji eol ma im ni kka

到大邱要多少錢？

다음 정거장은 어디입니까?

da eum jeong geo jang eun eo di im ni kka

下一站是哪裡？

| 미장원 | mi jang won
[名]美容院 |

相關:

미용실

mi yong sil   美容院

헤어샵

he eo syap   Hair Shop

| 미용사 | mi yong sa
[名]美容師 |

相關:

이발사

i bal ssa   理髮師

| 헤어 스타일 | he eo seu ta il
[名]髮型 |

相關:

롱헤어
rong he eo 　　　　　　　　　　　　　　長髮

쇼트헤어
syo teu he eo 　　　　　　　　　　　　　短髮

생머리
saeng meo ri 　　　　　　　　　　　　　直髮

곱슬머리
gop sseul meo ri 　　　　　　　　　　　捲髮

뒤로 묶은 머리
dwi ro mu kkeun meo ri 　　　　　　　　馬尾

머리를 자르다	meo ri reul jja reu da [詞組] 剪頭髮

例句:

머리를 어떻게 잘라 드릴까요?
meo ri reul eo tteo ke jal la deu ril kka yo
頭髮要怎麼幫您剪?

머리를 빗다	meo ri reul ppit tta [詞組] 梳頭髮

머리를 묶다	meo ri reul muk tta [詞組] 綁頭髮

손톱을 손질하다	son to beul sson jil ha da [詞組] 修指甲

손톱을 깍다	son to beul kkak tta [詞組] 剪指甲

머리를 감다	meo ri reul kkam da [詞組] 洗頭

例句：

머리를 감겨 주세요.

meo ri reul kkam gyeo ju se yo

請幫我洗頭。

가르마	ga reu ma [名] 髮線

應用：

가르마를 타다

ga reu ma reul ta da   分髮線

파마하다

pa ma ha da
[動] 燙髮

例句：

어떤 파마를 원하세요 ?

eo tteon pa ma reul won ha se yo

您要燙怎樣的髮型？

염색하다

yeom sae ka da
[動] 染髮

例句：

갈색으로 염색해 주세요 .

gal ssae geu ro yeom sae kae ju se yo

請幫我染褐色。

머리카락

meo ri ka rak
[名] 頭髮

例句：

머리카락이 정말 건조하시네요 .

meo ri ka ra gi jeong mal kkeon jo ha si ne yo

您的頭髮真的很乾燥呢。

相關詞彙：美髮用品

미용가위	mi yong ga wi	剪髮專用剪刀
포마드	po ma deu	髮油
헤어젤	he eo jel	髮膠
헤어리퀴드	he eo ri kwi deu	整髮液
헤어스프레이	he eo seu peu re i	頭髮噴霧
헤어토닉	he eo to nik	養髮劑
헤어무스	he eo mu seu	造型慕絲
거울	geo ul	鏡子

相關例句

머리 스타일을 바꾸려고 해요 .
meo ri seu ta i reul ppa kku ryeo go hae yo
我想換髮型。

이 사진대로 잘라 주시겠어요 ?
i sa jin dae ro jal la ju si ge sseo yo
可以照著這張照片幫我剪嗎 ?

머리에 젤 좀 발라 드릴까요 ?
meo ri e jel jom bal la deu ril kka yo
要幫您抹點髮膠嗎 ?

너무 짧게는 자르지 마세요 .
neo mu jjap kke neun ja reu ji ma se yo
請不要剪太短。

조금만 다듬어 주세요 .
jo geum man da deu meo ju se yo
請幫我稍微修一下。

從零開始學韓語單字

收錄初學者必背的單字
同時也是韓檢初級最常考的生字
針對每個詞彙
補充類義詞、反義詞、相關詞彙,
以及好用的例句
更詳細整理出動詞、形容詞的基本變化
小小一本,讓你輕鬆帶著走

就是這一本超實用韓語單字書

初學者必會的基礎單字
生活上常用的單字會話一應俱全
小小一本,韓語單字立即上手

韓語館 系列 08

韓國人天天會用到的韓語單字

 編著　朴成浩　　 執行編輯　呂欣穎　　 美術編輯　蕭若辰

出版社

22103　新北市汐止區大同路三段１８８號９樓之１
TEL　（02）8647-3663
FAX　（02）8647-3660

法律顧問　方圓法律事務所　涂成樞律師

總經銷：永續圖書有限公司
永續圖書線上購物網
www.foreverbooks.com.tw

CVS代理　美璟文化有限公司
　　　　　TEL　（02）2723-9968
　　　　　FAX　（02）2723-9668
出版日　　2012年12月

國家圖書館出版品預行編目資料

韓國人天天會用到的韓語單字 / 朴成浩編著. -- 初版.
　-- 新北市：語言鳥文化，民101. 12
　　面；　公分. --（韓語館；8）
　ISBN 978-986-87974-9-9（平裝附光碟片）

　1. 韓語 2. 詞彙

803. 22　　　　　　　　　　101020683

語言鳥 **P**arrot 讀者回函卡

韓國人天天會用到的韓語單字

感謝您對這本書的支持，請務必留下您的基本資料及常用的電子信箱，以傳真、掃描或使用我們準備的免郵回函寄回。我們每月將抽出一百名回函讀者寄出精美禮物，並享有生日當月購書優惠價，語言鳥文化再一次感謝您的支持與愛護！

想知道更多更即時的消息，歡迎加入 "永續圖書粉絲團"

傳真電話：
（02）8647-3660

電子信箱：
yungjiuh@ms45.hinet.net

基本資料

姓名： ○先生 ○小姐　電話：

E-mail：

地址：

購買此書的縣市及地點：

□連鎖書店　□一般書局　□量販店　□超商

□書展　□郵購　□網路訂購　□其他

您對於本書的意見

		滿意	尚可	待改進
內容	：	□滿意	□尚可	□待改進
編排	：	□滿意	□尚可	□待改進
文字閱讀	：	□滿意	□尚可	□待改進
封面設計	：	□滿意	□尚可	□待改進
印刷品質	：	□滿意	□尚可	□待改進

您對於敝公司的建議

新北市汐止區大同路三段188號9樓之1

語言鳥文化事業有限公司

編輯部 收

請沿此虛線對折免貼郵票，以膠帶黏貼後寄回，謝謝！

語言是通往世界的橋梁